Le scarabée d'or

ŒUVRES PRINCIPALES

Histoires extraordinaires
Nouvelles histoires extraordinaires
Histoires grotesques et sérieuses
Le Corbeau
Les aventures d'Arthur Gordon Pym

Edgar Allan Poe

Le scarabée d'or

suivi de
La lettre volée

Traduit de l'américain
par Charles Baudelaire

Librio

Texte intégral

Tous droits réservés

LE SCARABÉE D'OR

> Oh ! oh ! qu'est-ce que cela ? Ce garçon a une folie dans les jambes ! Il a été mordu par la tarentule.
>
> *(Tout de travers.)*

Il y a quelques années, je me liai intimement avec un M. William Legrand. Il était d'une ancienne famille protestante, et jadis il avait été riche ; mais une série de malheurs l'avait réduit à la misère. Pour éviter l'humiliation de ses désastres, il quitta La Nouvelle-Orléans, la ville de ses aïeux, et établit sa demeure dans l'île de Sullivan, près Charleston, dans la Caroline du Sud.

Cette île est des plus singulières. Elle n'est guère composée que de sable de mer et a environ trois milles de long. En largeur, elle n'a jamais plus d'un quart de mille. Elle est séparée du continent par une crique à peine visible, qui filtre à travers une masse de roseaux et de vase, rendez-vous habituel des poules d'eau. La végétation, comme on peut le supposer, est pauvre, ou, pour ainsi dire, naine. On n'y trouve pas d'arbres d'une certaine dimension. Vers l'extrémité occidentale, à l'endroit où s'élèvent le fort Moultrie et quelques misérables bâtisses de bois habitées pendant l'été par les gens qui fuient les poussières et les fièvres de Charleston, on rencontre, il est vrai, le palmier nain sétigère ; mais toute l'île, à l'exception de ce point occidental et d'un espace triste et blanchâtre qui borde la mer, est couverte d'épaisses broussailles de myrte odoriférant, si estimé par les horticulteurs anglais. L'arbuste y monte souvent à une hauteur de quinze ou vingt pieds ; il y forme un taillis presque impénétrable et charge l'atmosphère de ses parfums.

Au plus profond de ce taillis, non loin de l'extrémité orientale de l'île, c'est-à-dire de la plus éloignée, Legrand s'était bâti lui-même une petite hutte, qu'il occupait quand, pour la première fois et par hasard, je fis sa connaissance. Cette connaissance mûrit bien vite en amitié, – car il y avait, certes, dans le cher reclus, de quoi exciter l'intérêt et l'estime. Je vis qu'il avait reçu une forte éducation, heureusement servie par des facultés spirituelles peu communes, mais qu'il était infecté de misanthropie et sujet à de malheureuses alternatives d'enthousiasme et de mélancolie. Bien qu'il eût chez lui beaucoup de livres, il s'en servait rarement. Ses principaux amusements consistaient à chasser et à pêcher, ou à flâner sur la plage et à travers les myrtes, en quête de coquillages et d'échantillons entomologiques ; – sa collection aurait pu faire envie à un Swammerdam. Dans ces excursions, il était ordinairement accompagné par un vieux nègre nommé Jupiter, qui avait été affranchi avant les revers de la famille, mais qu'on n'avait pu décider, ni par menaces ni par promesses, à abandonner son jeune *massa Will* ; il considérait comme son droit de le suivre partout. Il n'est pas improbable que les parents de Legrand, jugeant que celui-ci avait la tête un peu dérangée, se soient appliqués à confirmer Jupiter dans son obstination, dans le but de mettre une espèce de gardien et de surveillant auprès du fugitif.

Sous la latitude de l'île de Sullivan, les hivers sont rarement rigoureux, et c'est un événement quand, au déclin de l'année, le feu devient indispensable. Cependant, vers le milieu d'octobre 18.., il y eut une journée d'un froid remarquable. Juste avant le coucher du soleil, je me frayais un chemin à travers les taillis vers la hutte de mon ami, que je n'avais pas vu depuis quelques semaines ; je demeurais alors à Charleston, à une distance de neuf milles de l'île, et les facilités pour aller et revenir étaient bien moins grandes qu'aujourd'hui. En arrivant à la hutte, je frappai selon mon habitude, et, ne recevant pas de réponse, je cherchai la clef où je savais qu'elle était cachée, j'ouvris la porte et j'entrai. Un beau feu flambait dans le foyer. C'était une surprise, et, à coup sûr, une des plus agréables. Je me débarrassai de mon paletot, – je traînai un fauteuil auprès des bûches pétillantes, et j'attendis patiemment l'arrivée de mes hôtes.

Peu après la tombée de la nuit, ils arrivèrent et me firent un accueil tout à fait cordial. Jupiter, tout en riant d'une oreille à l'autre, se donnait du mouvement et préparait quelques poules d'eau pour le souper. Legrand était dans une de ses *crises* d'enthousiasme ; – car de quel autre nom appeler cela ? Il avait trouvé un bivalve inconnu, formant un genre nouveau, et, mieux encore, il avait chassé et attrapé, avec l'assistance de Jupiter, un scarabée qu'il croyait tout à fait nouveau et sur lequel il désirait avoir mon opinion le lendemain matin.

– Et pourquoi pas ce soir ? demandai-je en me frottant les mains devant la flamme, et envoyant mentalement au diable toute la race des scarabées.

– Ah ! si j'avais seulement su que vous étiez ici, dit Legrand ; mais il y a si longtemps que je ne vous ai vu ! Et comment pouvais-je deviner que vous me rendriez visite justement cette nuit ? En revenant au logis, j'ai rencontré le lieutenant G..., du fort, et très-étourdiment je lui ai prêté le scarabée ; de sorte qu'il vous sera impossible de le voir avant demain matin. Restez ici cette nuit, et j'enverrai Jupiter le chercher au lever du soleil. C'est bien la plus ravissante chose de la création !

– Quoi ? le lever du soleil ?

– Eh non ! que diable ! – le scarabée. Il est d'une brillante couleur d'or, – gros à peu près comme une grosse noix, – avec deux taches d'un noir de jais à une extrémité du dos, et une troisième, un peu plus allongée, à l'autre. Les antennes sont...

– Il n'y a pas du tout d'étain sur lui, massa Will, je vous le parie, interrompit Jupiter ; le scarabée est un scarabée d'or, d'or massif, d'un bout à l'autre, dedans et partout, excepté les ailes ; – je n'ai jamais vu de ma vie un scarabée à moitié aussi lourd.

– C'est bien, mettons que vous ayez raison, Jup, répliqua Legrand un peu plus vivement, à ce qu'il me sembla, que ne le comportait la situation, est-ce une raison pour laisser brûler les poules ? La couleur de l'insecte, – et il se tourna vers moi, – suffirait en vérité à rendre plausible l'idée de Jupiter.

Vous n'avez jamais vu un éclat métallique plus brillant que celui de ses élytres ; mais vous ne pourrez en juger que demain matin. En attendant, j'essayerai de vous donner une idée de sa forme.

Tout en parlant, il s'assit à une petite table sur laquelle il y avait une plume et de l'encre, mais pas de papier. Il chercha dans un tiroir, mais n'en trouva pas.

– N'importe, dit-il à la fin, cela suffira.

Et il tira de la poche de son gilet quelque chose qui me fit l'effet d'un morceau de vieux vélin fort sale, et il fit dessus une espèce de croquis à la plume. Pendant ce temps, j'avais gardé ma place auprès du feu, car j'avais toujours très-froid. Quand son dessin fut achevé, il me le passa, sans se lever. Comme je le recevais de sa main, un fort grognement se fit entendre, suivi d'un grattement à la porte. Jupiter ouvrit, et un énorme terre-neuve, appartenant à Legrand, se précipita dans la chambre, sauta sur mes épaules et m'accabla de caresses ; car je m'étais fort occupé de lui dans mes visites précédentes. Quand il eut fini ses gambades, je regardai le papier, et pour dire la vérité, je me trouvai passablement intrigué par le dessin de mon ami.

– Oui ! dis-je après l'avoir contemplé quelques minutes, c'est là un étrange scarabée, je le confesse ; il est nouveau pour moi ; je n'ai jamais rien vu d'approchant, à moins que ce ne soit un crâne ou une tête de mort, à quoi il ressemble plus qu'aucune autre chose qu'il m'ait jamais été donné d'examiner.

– Une tête de mort ! répéta Legrand. Ah ! oui, il y a un peu de cela sur le papier, je comprends. Les deux taches noires supérieures font les yeux, et la plus longue, qui est plus bas, figure une bouche, n'est-ce pas ? D'ailleurs la forme générale est ovale...

– C'est peut-être cela, dis-je ; mais je crains, Legrand, que vous ne soyez pas très artiste. J'attendrai que j'aie vu la bête elle-même, pour me faire une idée quelconque de sa physionomie.

– Fort bien ! Je ne sais comment cela se fait, dit-il, un peu piqué, je dessine assez joliment, ou du moins je le devrais, – car j'ai eu de bons maîtres, et je me flatte de n'être pas tout à fait une brute.

– Mais alors, mon cher camarade, dis-je, vous plaisantez ; ceci est un crâne fort passable, je puis même dire que c'est un crâne parfait, d'après toutes les idées reçues relativement à cette partie de l'ostéologie, et votre scarabée serait le plus étrange de tous les scarabées du monde, s'il ressemblait à ceci. Nous pourrions établir là-dessus quelque petite superstition naissante. Je présume que vous nommerez votre insecte *scarabæus caput hominis* ou quelque chose d'approchant ; il y a dans les livres d'histoire naturelle beaucoup d'appellations de ce genre. – Mais où sont les antennes dont vous parliez ?

– Les antennes ! dit Legrand, qui s'échauffait inexplicablement ; vous devez voir les antennes, j'en suis sûr. Je les ai faites aussi distinctes qu'elles le sont dans l'original, et je présume que cela est bien suffisant.

– A la bonne heure, dis-je ; mettons que vous les ayez faites ; toujours est-il vrai que je ne les vois pas.

Et je lui tendis le papier, sans ajouter aucune

remarque, ne voulant pas le pousser à bout ; mais j'étais fort étonné de la tournure que l'affaire avait prise ; sa mauvaise humeur m'intriguait, – et, quant au croquis de l'insecte, il n'y avait positivement pas d'antennes visibles, et l'ensemble ressemblait, à s'y méprendre, à l'image ordinaire d'une tête de mort.

Il reprit son papier d'un air maussade, et il était au moment de le froisser, sans doute pour le jeter dans le feu, quand, son regard étant tombé par hasard sur le dessin, toute son attention y parut enchaînée. En un instant, son visage devint d'un rouge intense, puis excessivement pâle. Pendant quelques minutes, sans bouger de sa place, il continua à examiner minutieusement le dessin. A la longue, il se leva, prit une chandelle sur la table, et alla s'asseoir sur un coffre, à l'autre extrémité de la chambre. Là, il recommença à examiner curieusement le papier, le tournant dans tous les sens. Néanmoins, il ne dit rien, et sa conduite me causait un étonnement extrême ; mais je jugeai prudent de n'exaspérer par aucun commentaire sa mauvaise humeur croissante. Enfin, il tira de la poche de son habit un portefeuille, y serra soigneusement le papier, et déposa le tout dans un pupitre qu'il ferma à clef. Il revint dès lors à des allures plus calmes, mais son premier enthousiasme avait totalement disparu. Il avait l'air plutôt concentré que boudeur. A mesure que la soirée s'avançait, il s'absorbait de plus en plus dans sa rêverie, et aucune de mes saillies ne put l'en arracher. Primitivement, j'avais eu l'intention de passer la nuit dans la cabane, comme j'avais déjà fait plus d'une fois ; mais, en voyant l'humeur de mon hôte, je jugeai plus convenable de prendre congé. Il ne fit aucun effort pour me retenir ; mais, quand je partis, il me serra la main avec une cordialité encore plus vive que de coutume.

Un mois environ après cette aventure, – et durant cet intervalle je n'avais pas entendu parler de Legrand, – je reçus à Charleston une visite de son serviteur Jupiter. Je n'avais jamais vu le bon vieux nègre si complètement abattu, et je fus pris de la crainte qu'il ne fût arrivé à mon ami quelque sérieux malheur.

– Eh bien, Jup, dis-je, quoi de neuf ? Comment va ton maître ?

– Dame ! pour dire la vérité, massa, il ne va pas aussi bien qu'il devrait.

– Pas bien ! Vraiment je suis navré d'apprendre cela. Mais de quoi se plaint-il ?

– Ah ! voilà la question ! Il ne se plaint jamais de rien, mais il est tout de même bien malade.

– Bien malade, Jupiter ! – Eh ! que ne disais-tu cela tout de suite ? Est-il au lit ?

– Non, non, il n'est pas au lit ! Il n'est bien nulle part ; – voilà justement où le soulier me blesse ; – j'ai l'esprit très-inquiet au sujet du pauvre massa Will.

– Jupiter, je voudrais bien comprendre quelque chose à tout ce que tu me racontes là. Tu dis que ton maître est malade. Ne t'a-t-il pas dit de quoi il souffre ?

– Oh ! massa, c'est bien inutile de se creuser la tête. – Massa Will dit qu'il n'a absolument rien ; – mais, alors, pourquoi donc s'en va-t-il, deçà et delà, tout pensif, les regards sur son chemin, la tête basse, les épaules voûtées, et pâle comme une oie ? Et pourquoi donc fait-il toujours et toujours des chiffres ?

– Il fait quoi, Jupiter ?

– Il fait des chiffres avec des signes sur une ardoise, – les signes les plus bizarres que j'aie jamais vus. Je commence à avoir peur, tout de même. Il faut que j'aie toujours un œil braqué sur lui, rien que sur lui. L'autre jour, il m'a échappé avant le lever du soleil, et il a décampé pour toute la sainte journée. J'avais coupé un bon bâton exprès pour lui administrer une correction de tous les diables quand il reviendrait : mais je suis si bête, que je n'en ai pas eu le courage ; il a l'air si malheureux !

– Ah ! vraiment ! – Eh bien, après tout, je crois que tu as mieux fait d'être indulgent pour le pauvre garçon. Il ne faut pas lui donner le fouet, Jupiter ; – il n'est peut-être pas en état de le supporter. – Mais ne peux-tu pas te faire une idée de ce qui a occasionné cette maladie, ou plutôt ce changement de conduite ? Lui est-il arrivé quelque chose de fâcheux depuis que je vous ai vus ?

– Non, massa, il n'est rien arrivé de fâcheux *depuis* lors, – *mais avant* cela, – oui, – j'en ai peur, – c'était le jour même que vous étiez là-bas.

– Comment ? Que veux-tu dire ?

– Eh ! massa, je veux parler du scarabée, voilà tout.

– Du quoi ?

– Du scarabée... – Je suis sûr que massa Will a été mordu quelque part à la tête par ce scarabée d'or.

– Et quelle raison as-tu, Jupiter, pour faire une pareille supposition ?

– Il a bien assez de pinces pour cela, massa, et une bouche aussi. Je n'ai jamais vu un scarabée aussi endiablé ; – il attrape et mord tout ce qui l'approche. Massa Will l'avait d'abord attrapé, mais il l'a bien vite lâché, je vous assure ; – c'est alors, sans doute, qu'il a été mordu. La mine de ce scarabée et sa bouche ne me plaisaient guère, certes ; – aussi je ne voulus pas le prendre avec mes doigts ; mais je pris un morceau de papier, et j'empoignai le scarabée dans le papier ; je l'enveloppai donc dans le papier, avec un petit morceau de papier dans la bouche ; – voilà comment je m'y pris.

– Et tu penses donc que ton maître a été réellement mordu par le scarabée, et que cette morsure l'a rendu malade ?

– Je ne pense rien du tout, – je le sais. Pourquoi donc rêve-t-il toujours d'or, si ce n'est parce qu'il a été mordu par le scarabée d'or ? J'en ai déjà entendu parler, de ces scarabées d'or.

– Mais comment sais-tu qu'il rêve d'or ?

– Comment je le sais ? parce qu'il en parle, même en dormant ; – voilà comment je le sais.

– Au fait, Jupiter, tu as peut-être raison ; mais à quelle bienheureuse circonstance dois-je l'honneur de ta visite aujourd'hui ?

– Que voulez-vous dire, massa ?

– M'apportes-tu un message de M. Legrand ?

– Non, massa, je vous apporte une lettre que voici.

Et Jupiter me tendit un papier où je lus :

Mon cher,

Pourquoi donc ne vous ai-je pas vu depuis si longtemps ? J'espère que vous n'avez pas été assez enfant pour vous formaliser d'une petite brusquerie de ma part ; mais non, – cela est par trop improbable.

Depuis que je vous ai vu, j'ai eu un grand sujet d'inquiétude. J'ai quelque chose à vous dire, mais à peine sais-je comment vous le dire. Sais-je même si je vous le dirai ?

Je n'ai pas été tout à fait bien depuis quelques jours, et le pauvre vieux Jupiter m'ennuie insupportablement par toutes ses bonnes intentions et attentions. Le croiriez-vous ? Il avait, l'autre jour, préparé un gros bâton à l'effet de me châtier, pour lui avoir échappé et avoir passé la journée, seul, au milieu des collines, sur le continent. Je crois vraiment que ma mauvaise mine m'a seule sauvé de la bastonnade.

Je n'ai rien ajouté à ma collection depuis que nous nous sommes vus.

Revenez avec Jupiter si vous le pouvez sans trop d'inconvénients. Venez, venez. Je désire vous voir ce soir pour affaire grave. Je vous assure que c'est de la plus haute importance.

Votre tout dévoué,
William LEGRAND.

Il y avait dans le ton de cette lettre quelque chose qui me causa une forte inquiétude. Ce style différait absolument du style habituel de Legrand. A quoi diable rêvait-il ? Quelle nouvelle lubie avait pris possession de sa trop excitable cervelle ? Quelle affaire de si haute importance pouvait-il avoir à accomplir ? Le rapport de Jupiter ne présageait rien de bon ; – je tremblais que la pression continue de l'infortune n'eût, à la longue, singulièrement dérangé la raison de mon ami. Sans hésiter un instant, je me préparai donc à accompagner le nègre.

En arrivant au quai, je remarquai une faux et trois bêches, toutes également neuves, qui gisaient au fond du bateau dans lequel nous allions nous embarquer.

– Qu'est-ce que tout cela signifie, Jupiter ? demandai-je.

– Ça, c'est une faux, massa, et des bêches.

– Je le vois bien ; mais qu'est-ce que tout cela fait ici ?

– Massa Will m'a dit d'acheter pour lui cette faux et ces bêches à la ville, et je les ai payées bien cher ; cela nous coûte un argent de tous les diables.

– Mais au nom de tout ce qu'il y a de mystérieux, qu'est-ce que ton massa Will a à faire de faux et de bêches ?

– Vous m'en demandez plus que je ne sais ; lui-même, massa, n'en sait pas davantage ; le diable m'emporte si je n'en suis pas convaincu. Mais tout cela vient du scarabée.

Voyant que je ne pouvais tirer aucun éclaircissement de Jupiter dont tout l'entendement paraissait absorbé par le scarabée, je descendis dans le bateau et je déployai la voile. Une belle et forte brise nous poussa bien vite dans la petite anse au nord du fort Moultrie, et, après une promenade de deux milles environ, nous arrivâmes à la hutte. Il était à peu près trois heures de l'après-midi. Legrand nous attendait avec une vive impatience. Il me serra la main avec un empressement nerveux qui m'alarma et renforça mes soupçons naissants. Son visage était d'une pâleur spectrale, et ses yeux, naturellement fort enfoncés, brillaient d'un éclat surnaturel. Après quelques questions relatives à sa santé, je lui demandai, ne trouvant rien de mieux à dire, si le lieutenant G... lui avait enfin rendu son scarabée.

– Oh ! oui, répliqua-t-il en rougissant beaucoup ; – je le lui ai repris le lendemain matin. Pour rien au monde je ne me séparerais de ce scarabée. Savez-vous bien que Jupiter a tout à fait raison à son égard ?

– En quoi ? demandai-je avec un triste pressentiment dans le cœur.

– En supposant que c'est un scarabée d'or véritable.

Il dit cela avec un sérieux profond, qui me fit indiciblement mal.

– Ce scarabée est destiné à faire ma fortune, continua-t-il avec un sourire de triomphe, à me réintégrer dans mes possessions de famille. Est-il donc étonnant que je le tienne en si haut prix ? Puisque la Fortune a jugé bon de me l'octroyer, je n'ai qu'à en user convenablement, et j'arriverai jusqu'à l'or dont il est l'indice. – Jupiter, apporte-le-moi.

– Quoi ? le scarabée, massa ? J'aime mieux n'avoir rien à démêler avec le scarabée ; – vous saurez bien le prendre vous-même.

Là-dessus, Legrand se leva avec un air grave et imposant, et alla me chercher l'insecte sous un globe de verre où il était déposé. C'était un superbe scarabée, inconnu à cette époque aux naturalistes, et qui devait avoir un grand prix au point de vue scientifique. Il portait à l'une des extrémités du dos deux taches noires et rondes, et à l'autre une tache de forme allongée. Les élytres étaient excessivement durs et luisants et avaient positivement l'aspect de l'or bruni. L'insecte était remarquablement lourd, et, tout bien considéré, je ne pouvais pas trop blâmer Jupiter de son opinion ; mais que Legrand s'entendît avec lui sur ce sujet, voilà ce qu'il m'était impossible de comprendre, et, quand il se serait agi de ma vie, je n'aurais pas trouvé le mot de l'énigme.

– Je vous ai envoyé chercher, dit-il d'un ton magnifique, quand j'eus achevé d'examiner l'insecte, je vous ai envoyé chercher pour vous demander conseil et assistance dans l'accomplissement des vues de la Destinée et du scarabée...

– Mon cher Legrand, m'écriai-je en l'interrompant, vous n'êtes certainement pas bien, et vous feriez beaucoup mieux de prendre quelques précautions. Vous allez vous mettre au lit, et je resterai auprès de vous quelques jours, jusqu'à ce que vous soyez rétabli. Vous avez la fièvre, et...

– Tâtez mon pouls, dit-il.

Je le tâtai, et, pour dire la vérité, je ne trouvai pas le plus léger symptôme de fièvre.

– Mais vous pourriez bien être malade sans avoir la fièvre. Permettez-moi, pour cette fois seulement, de faire le médecin avec vous. Avant toute chose, allez vous mettre au lit. Ensuite...

– Vous vous trompez, interrompit-il ; je suis aussi bien que je puis espérer de l'être dans l'état d'excitation que j'endure. Si réellement vous voulez me voir tout à fait bien, vous soulagerez cette excitation.

– Et que faut-il faire pour cela ?

– C'est très facile. Jupiter et moi, nous partons pour une expédition dans les collines, sur le continent, et nous avons besoin de l'aide d'une personne en qui nous puissions absolument nous fier. Vous êtes cette personne unique. Que notre entreprise échoue ou réussisse, l'excitation que vous voyez en moi maintenant sera également apaisée.

– J'ai le vif désir de vous servir en toute chose, répliquai-je ; mais prétendez-vous dire que cet infernal scarabée ait quelque rapport avec votre expédition dans les collines ?

– Oui, certes.

– Alors, Legrand, il m'est impossible de coopérer à une entreprise aussi parfaitement absurde.

– J'en suis fâché, – très-fâché, – car il nous faudra tenter l'affaire à nous seuls.

– A vous seuls ! – Ah ! le malheureux est fou, à coup sûr ! – Mais voyons, combien de temps durera votre absence ?

– Probablement toute la nuit. Nous allons partir immédiatement, et, dans tous les cas, nous serons de retour au lever du soleil.

– Et vous me promettez, sur votre honneur, que ce caprice passé, et l'affaire du scarabée – bon Dieu ! – vidée à votre satisfaction, vous rentrerez au logis, et que vous y suivrez exactement mes prescriptions, comme celles de votre médecin ?

– Oui, je vous le promets ; et maintenant partons, car nous n'avons pas de temps à perdre.

J'accompagnai mon ami, le cœur gros. A quatre heures, nous nous mîmes en route, Legrand, Jupiter, le chien et moi. Jupiter prit la faux et les bêches ; il insista pour s'en charger, plutôt, à ce qu'il me parut, par crainte de laisser un de ces instruments dans la main de son maître que par excès de zèle et de complaisance. Il était d'ailleurs d'une humeur de chien, et ces mots : *Damné scarabée !* furent les seuls qui lui échappèrent tout le long du voyage. J'avais, pour ma part, la charge de deux lanternes sourdes ; quant à Legrand, il s'était contenté du scarabée, qu'il portait attaché au bout d'un morceau de ficelle, et qu'il faisait tourner autour de lui, tout en marchant, avec des airs de magicien. Quand j'observais ce symptôme suprême de démence dans mon pauvre ami, je pouvais à peine retenir mes larmes. Je pensai toutefois qu'il valait mieux épouser sa fantaisie, au moins pour le moment, ou jusqu'à ce que je pusse prendre quelques mesures énergiques avec chance de succès. Cependant, j'essayais, mais fort inutilement, de le sonder relativement au but de l'expédition. Il avait réussi à me persuader de l'accompagner, et semblait désormais peu disposé à lier conversation sur un sujet d'une si maigre importance. A toutes mes questions, il ne daignait répondre que par un « Nous verrons bien ! ».

Nous traversâmes dans un esquif la crique à la pointe de l'île, et, grimpant sur les terrains montueux de la rive opposée, nous nous dirigeâmes vers le nord-ouest, à travers un pays horriblement sauvage et désolé, où il était impossible de découvrir la trace d'un pied humain. Legrand suivait sa route avec décision, s'arrêtant seulement de temps en temps pour consulter certaines indications qu'il paraissait avoir laissées lui-même dans une occasion précédente.

Nous marchâmes ainsi deux heures environ, et

le soleil était au moment de se coucher quand nous entrâmes dans une région infiniment plus sinistre que tout ce que nous avions vu jusqu'alors. C'était une espèce de plateau au sommet d'une montagne affreusement escarpée, couverte de bois de la base au sommet, et semée d'énormes blocs de pierre qui semblaient éparpillés pêle-mêle sur le sol et dont plusieurs se seraient infailliblement précipités dans les vallées inférieures sans le secours des arbres contre lesquels ils s'appuyaient. De profondes ravines irradiaient dans diverses directions et donnaient à la scène un caractère de solennité plus lugubre.

La plate-forme naturelle sur laquelle nous étions grimpés était si profondément encombrée de ronces, que nous vîmes bien que, sans la faux, il nous eût été impossible de nous frayer un passage. Jupiter, d'après les ordres de son maître, commença à nous éclaircir un chemin jusqu'au pied d'un tulipier gigantesque qui se dressait, en compagnie de huit ou dix chênes, sur la plate-forme, et les surpassait tous, ainsi que tous les arbres que j'avais vus jusqu'alors, par la beauté de sa forme et de son feuillage, par l'immense développement de son branchage et par la majesté générale de son aspect. Quand nous eûmes atteint cet arbre, Legrand se tourna vers Jupiter, et lui demanda s'il se croyait capable d'y grimper. Le pauvre vieux parut légèrement étourdi par cette question, et resta quelques instants sans répondre. Cependant, il s'approcha de l'énorme tronc, en fit lentement le tour et l'examina avec une attention minutieuse. Quand il eut achevé son examen, il dit simplement :

– Oui, massa ; Jup n'a pas vu d'arbre où il ne puisse grimper.

– Alors, monte ; allons, allons ! et rondement ! car il fera bientôt trop noir pour voir ce que nous faisons.

– Jusqu'où faut-il monter, massa ? demanda Jupiter.

– Grimpe d'abord sur le tronc, et puis je te dirai quel chemin tu dois suivre. – Ah ! un instant ! Prends ce scarabée avec toi.

– Le scarabée, massa Will ! – le scarabée d'or ! cria le nègre reculant de frayeur ; pourquoi donc faut-il que je porte avec moi ce scarabée sur l'arbre ? Que je sois damné si je le fais !

– Jup, si vous avez peur, vous, un grand nègre, un gros et fort nègre, de toucher à un petit insecte mort et inoffensif, eh bien, vous pouvez l'emporter avec cette ficelle ; – mais, si vous ne l'emportez pas avec vous d'une manière ou d'une autre, je serai dans la cruelle nécessité de vous fendre la tête avec cette bêche.

– Mon Dieu ! qu'est-ce qu'il y a donc, massa ? dit Jup, que la honte rendait évidemment plus complaisant – il faut toujours que vous cherchiez noise à votre vieux nègre. C'est une farce, voilà tout. Moi avoir peur du scarabée ! je m'en soucie bien du scarabée !

Et il prit avec précaution l'extrême bout de la corde et, maintenant l'insecte aussi loin de sa personne que les circonstances le permettaient, il se mit en devoir de grimper à l'arbre.

Dans sa jeunesse, le tulipier, ou *liriodendron tulipiferum*, le plus magnifique des forestiers américains, a un tronc singulièrement lisse et s'élève souvent à une grande hauteur, sans pousser de branches latérales ; mais quand il arrive à sa maturité, l'écorce devient rugueuse et inégale, et de petits rudiments de branches se manifestent en grand nombre sur le tronc. Aussi l'escalade, dans le cas actuel, était beaucoup plus difficile – en apparence qu'en réalité. Embrassant de son mieux l'énorme cylindre avec ses bras et ses genoux, empoignant avec les mains quelques-unes des pousses, appuyant ses pieds nus sur les autres, Jupiter, après avoir failli tomber une ou deux fois, se hissa à la longue jusqu'à la première grande fourche, et sembla dès lors regarder la besogne comme virtuellement accomplie. En effet, le risque principal de l'entreprise avait disparu, bien que le brave nègre se trouvât à soixante ou soixante-dix pieds du sol.

– De quel côté faut-il que j'aille maintenant, massa Will ? demanda-t-il.

– Suis toujours la plus grosse branche, – celle de ce côté, dit Legrand.

Le nègre lui obéit promptement, et apparemment sans trop de peine ; il monta, monta toujours plus haut, de sorte qu'à la fin sa personne rampante et ramassée disparut dans l'épaisseur du feuillage ; il était tout à fait invisible. Alors, sa voix lointaine se fit entendre ; il criait :

– Jusqu'où faut-il monter encore ?

– A quelle hauteur es-tu ? demanda Legrand.

– Si haut, si haut, répliqua le nègre, que je peux voir le ciel à travers le sommet de l'arbre.

– Ne t'occupe pas du ciel, mais fais attention à ce que je te dis. Regarde le tronc, et compte les branches au-dessus de toi, de ce côté. Combien de branches as-tu passées ?

– Une, deux, trois, quatre, cinq ; – j'ai passé cinq grosses branches, massa, de ce côté-ci.

– Alors monte encore d'une branche.

Au bout de quelques minutes, sa voix se fit entendre de nouveau. Il annonçait qu'il avait atteint la septième branche.

– Maintenant, Jup, cria Legrand, en proie à une agitation manifeste, il faut que tu trouves le moyen de t'avancer sur cette branche aussi loin que tu pourras. Si tu vois quelque chose de singulier, tu me le diras.

Dès lors, les quelques doutes que j'avais essayé de conserver relativement à la démence de mon pauvre ami disparurent complètement. Je ne pouvais plus ne pas le considérer comme frappé d'aliénation mentale, et je commençai à m'inquiéter sérieusement des moyens de le ramener au logis. Pendant que je méditais sur ce que j'avais de mieux à faire, la voix de Jupiter se fit entendre de nouveau.

– J'ai bien peur de m'aventurer un peu loin sur cette branche ; – c'est une branche morte presque dans toute sa longueur.

– Tu dis bien que c'est une branche morte, Jupiter ? cria Legrand d'une voix tremblante d'émotion.

– Oui, massa, morte comme un vieux clou de porte, c'est une affaire faite, – elle est bien morte, tout à fait sans vie.

– Au nom du ciel, que faire ? demanda Legrand, qui semblait en proie à un vrai désespoir.

– Que faire ? dis-je, heureux de saisir l'occasion

pour placer un mot raisonnable : retourner au logis et nous aller coucher. Allons, venez ! – Soyez gentil, mon camarade. – Il se fait tard, et puis souvenez-vous de votre promesse.

– Jupiter, criait-il, sans m'écouter le moins du monde, m'entends-tu ?

– Oui, massa Will, je vous entends parfaitement.

– Entame donc le bois avec ton couteau, et dis-moi si tu le trouves bien pourri.

– Pourri, massa, assez pourri, répliqua bientôt le nègre, mais pas aussi pourri qu'il pourrait l'être. Je pourrais m'aventurer un peu plus sur la branche, mais moi seul.

– Toi seul ! – qu'est-ce que tu veux dire ?

– Je veux parler du scarabée. Il est bien lourd, le scarabée. Si je le lâchais d'abord, la branche porterait bien, sans casser, le poids d'un nègre tout seul.

– Infernal coquin ! cria Legrand, qui avait l'air fort soulagé, quelles sottises me chantes-tu là ? Si tu laisses tomber l'insecte, je te tords le cou. Fais-y attention, Jupiter ; – tu m'entends, n'est-ce pas ?

– Oui, massa, ce n'est pas la peine de traiter comme ça un pauvre nègre.

– Eh bien, écoute-moi, maintenant ! – Si tu te hasardes sur la branche aussi loin que tu pourras le faire sans danger et sans lâcher le scarabée, je te ferai cadeau d'un dollar d'argent aussitôt que tu seras descendu.

– J'y vais, massa Will, – m'y voilà, répliqua lestement le nègre, je suis presque au bout.

– Au bout ! cria Legrand, très-radouci. Veux-tu dire que tu es au bout de cette branche ?

– Je suis bientôt au bout, massa. – Oh ! oh !

oh ! Seigneur Dieu ! miséricorde ! qu'y a-t-il sur l'arbre ?

– Eh bien, cria Legrand, au comble de la joie, qu'est-ce qu'il y a ?

– Eh ! ce n'est rien qu'un crâne ; – quelqu'un a laissé sa tête sur l'arbre, et les corbeaux ont becqueté toute la viande.

– Un crâne, dis-tu ? – Très bien ! – Comment est-il attaché à la branche ? – qu'est-ce qui le retient ?

– Oh ! il tient bien ; – mais il faut voir. – Ah ! c'est une drôle de chose, sur ma parole ; – il y a un gros clou dans le crâne, qui le retient à l'arbre.

– Bien ! maintenant, Jupiter, fais exactement ce que je vais te dire ; – tu m'entends ?

– Oui, massa.

– Fais bien attention ! – trouve l'œil gauche du crâne.

– Oh ! oh ! voilà qui est drôle ! Il n'y a pas d'œil gauche du tout.

– Maudite stupidité ! Sais-tu distinguer ta main droite de ta main gauche ?

– Oui, je sais, – je sais tout cela ; ma main gauche est celle avec laquelle je fends le bois.

– Sans doute, tu es gaucher ; et ton œil gauche est du même côté que ta main gauche. Maintenant, je suppose, tu peux trouver l'œil gauche du crâne, ou la place où était l'œil gauche. As-tu trouvé ?

Il y eut ici une longue pause. Enfin, le nègre demanda :

– L'œil gauche du crâne est aussi du même côté que la main gauche du crâne ? – Mais le crâne n'a pas de mains du tout ! – Cela ne fait rien ! j'ai trouvé l'œil gauche, – voilà l'œil gauche ! Que faut-il faire, maintenant ?

– Laisse filer le scarabée à travers, aussi loin que la ficelle peut aller ; mais prends bien garde de lâcher le bout de la corde.

– Voilà qui est fait, massa Will ; c'était chose facile de faire passer le scarabée par le trou ; – tenez, voyez-le descendre.

Pendant tout ce dialogue, la personne de Jupiter était restée invisible ; mais l'insecte qu'il laissait filer apparaissait maintenant au bout de la ficelle, et brillait comme une boule d'or bruni aux derniers rayons du soleil couchant, dont quelques-uns éclairaient encore faiblement l'éminence où nous étions placés. Le scarabée en descendant émergeait des branches, et, si Jupiter l'avait laissé tomber, il serait tombé à nos pieds. Legrand prit immédiatement la faux et éclaircit un espace circulaire de trois ou quatre yards de diamètre, juste au-dessous de l'insecte, et, ayant achevé cette besogne, ordonna à Jupiter de lâcher la corde et de descendre de l'arbre.

Avec un soin scrupuleux, mon ami enfonça dans la terre une cheville, à l'endroit précis où le scarabée était tombé, et tira de sa poche un ruban à mesurer. Il l'attacha par un bout à l'endroit du tronc de l'arbre qui était le plus près de la cheville, le déroula jusqu'à la cheville et continua ainsi à le dérouler dans la direction donnée par ces deux points, – la cheville et le tronc, – jusqu'à la distance de cinquante pieds. Pendant ce temps, Jupiter nettoyait les ronces avec la faux. Au point ainsi trouvé, il enfonça une seconde cheville, qu'il prit comme centre, et autour duquel il décrivit grossièrement un cercle de quatre pieds de diamètre environ. Il s'empara alors d'une bêche, en donna une à Jupiter, une à moi, et nous pria de creuser aussi vivement que possible.

Pour parler franchement, je n'avais jamais eu beaucoup de goût pour un pareil amusement, et, dans le cas présent, je m'en serais bien volontiers passé ; car la nuit s'avançait, et je me sentais passablement fatigué de l'exercice que j'avais déjà pris ; mais je ne voyais aucun moyen de m'y soustraire, et je tremblais de troubler par un refus la prodigieuse sérénité de mon pauvre ami. Si j'avais pu compter sur l'aide de Jupiter, je n'aurais pas hésité à ramener par la force notre fou chez lui ; mais je connaissais trop bien le caractère du vieux nègre pour espérer son assistance, dans le cas d'une lutte personnelle avec son maître et dans n'importe quelle circonstance. Je ne doutais pas que Legrand n'eût le cerveau infecté de quelqu'une des innombrables superstitions du Sud relatives aux trésors enfouis, et que cette imagination n'eût été confirmée par la trouvaille du scarabée, ou peut-être même par l'obstination de Jupiter à soutenir que c'était un scarabée d'or véritable. Un esprit tourné à la folie pouvait bien se laisser entraîner par de pareilles suggestions, surtout quand elles s'accordaient avec ses idées favorites préconçues ; puis je me rappelais le discours du pauvre garçon relativement au scarabée, *indice de sa fortune !* Par-dessus tout, j'étais cruellement tourmenté et embarrassé ; mais enfin je résolus de faire contre mauvaise fortune bon cœur et bêcher de bonne volonté, pour convaincre mon visionnaire le plus tôt possible, par une démonstration oculaire, de l'inanité de ses rêveries.

Nous allumâmes les lanternes, et nous attaquâmes notre besogne avec un ensemble et un zèle dignes d'une cause plus rationnelle ; et, comme la lumière tombait sur nos personnes et nos outils, je ne pus m'empêcher de songer que nous composions un groupe vraiment pittoresque, et que, si quelque intrus était tombé par hasard au milieu de nous, nous lui serions apparus comme faisant une besogne bien étrange et bien suspecte.

Nous creusâmes ferme deux heures durant. Nous parlions peu. Notre principal embarras était causé par les aboiements du chien, qui prenait un intérêt excessif à nos travaux. A la longue, il devint tellement turbulent, que nous craignîmes qu'il ne donnât l'alarme à quelques rôdeurs du voisinage, – ou, plutôt, c'était la grande appréhension de Legrand, – car, pour mon compte, je me serais réjoui de toute interruption qui m'aurait permis de ramener mon vagabond à la maison. A la fin, le vacarme fut étouffé, grâce à Jupiter, qui, s'élançant hors du trou avec un air furieusement décidé, musela la gueule de l'animal avec une de ses bretelles et puis retourna à sa tâche avec un petit rire de triomphe très-grave.

Les deux heures écoulées, nous avions atteint une profondeur de cinq pieds, et aucun indice de trésor ne se montrait. Nous fîmes une pause générale, et je commençai à espérer que la farce touchait à sa fin. Cependant Legrand, quoique évidemment très-déconcerté, s'essuya le front d'un air pensif et reprit sa bêche. Notre trou occupait déjà toute l'étendue du cercle de quatre pieds de diamètre ; nous entamâmes légèrement cette limite, et nous creusâmes encore de deux pieds. Rien n'apparut. Mon chercheur d'or, dont j'avais sérieusement pitié, sauta enfin du trou avec le plus affreux désappointement écrit sur le visage, et se décida, lentement et comme à regret, à reprendre son habit qu'il avait ôté avant de se mettre à l'ouvrage. Pour moi, je me gardai bien de faire aucune remarque. Jupiter, à un signal de son maître, commença à rassembler les outils. Cela fait, et le chien étant démuselé, nous reprîmes notre chemin dans un profond silence.

Nous avions peut-être fait une douzaine de pas, quand Legrand, poussant un terrible juron, sauta sur Jupiter et l'empoigna au collet. Le nègre stupéfait ouvrit les yeux et la bouche dans toute leur ampleur, lâcha les bêches et tomba sur les genoux.

– Scélérat ! criait Legrand en faisant siffler les syllabes entre ses dents, infernal noir ! gredin de noir ! – Parle, te dis-je ! – Réponds-moi à l'instant, et surtout ne prévarique pas ! – Quel est, quel est ton œil gauche ?

– Ah ! miséricorde, massa Will ! n'est-ce pas là, pour sûr, mon œil gauche ? rugissait Jupiter épouvanté, plaçant sa main sur l'organe *droit* de la vision, et l'y maintenant avec l'opiniâtreté du désespoir, comme s'il eût craint que son maître ne voulût le lui arracher.

– Je m'en doutais ! – je le savais bien ! hourra ! vociféra Legrand, en lâchant le nègre, et en exécutant une série de gambades et de cabrioles, au grand étonnement de son domestique, qui, en se relevant, promenait, sans mot dire, ses regards de son maître à moi et de moi à son maître.

– Allons, il nous faut retourner, dit celui-ci, la partie n'est pas perdue.

Et il reprit son chemin vers le tulipier.

– Jupiter, dit-il quand nous fûmes arrivés au pied de l'arbre, viens ici ! – Le crâne est-il cloué à la branche avec la face tournée à l'extérieur ou tournée contre la branche ?

– La face est tournée à l'extérieur, massa, de sorte que les corbeaux ont pu manger les yeux sans aucune peine.

– Bien. Alors, est-ce par cet œil-ci ou par celui-là que tu as fait couler le scarabée ?

Et Legrand touchait alternativement les deux yeux de Jupiter.

– Par cet œil-ci, massa, – par l'œil gauche, – juste comme vous me l'aviez dit.

Et c'était encore son œil droit qu'indiquait le pauvre nègre.

– Allons, allons ! il nous faut recommencer.

Alors, mon ami, dans la folie duquel je voyais maintenant, ou croyais voir certains indices de méthode, reporta la cheville qui marquait l'endroit où le scarabée était tombé, à trois pouces vers l'ouest de sa première position. Etalant de nouveau son cordeau du point le plus rapproché du tronc jusqu'à la cheville, comme il avait déjà fait, et continuant à l'étendre en ligne droite à une distance de cinquante pieds, il marqua un nouveau point éloigné de plusieurs yards de l'endroit où nous avions précédemment creusé.

Autour de ce nouveau centre, un cercle fut tracé, un peu plus large que le premier, et nous nous mîmes derechef à jouer de la bêche. J'étais effroyablement fatigué ; mais, sans me rendre compte de ce qui occasionnait un changement dans ma pensée, je ne sentais plus une aussi grande aversion pour le labeur qui m'était imposé. Je m'y intéressais inexplicablement ; je dirai plus, je me sentais excité. Peut-être y avait-il dans toute l'extravagante conduite de Legrand un certain air délibéré, une certaine allure prophétique qui m'impressionnait moi-même. Je bêchais ardemment et de temps à autre je me surprenais cherchant, pour ainsi dire, des yeux, avec un sentiment qui ressemblait à de l'attente, ce trésor imaginaire dont la vision avait affolé mon infortuné camarade. Dans un de ces moments où ces rêvasseries s'étaient plus singulièrement emparées de moi, et comme nous avions déjà travaillé une heure et demie à peu près, nous fûmes de nouveau interrompus par les violents hurlements du chien. Son inquiétude, dans le premier cas, n'était évidemment que le résultat d'un caprice ou d'une gaieté folle ; mais, cette fois, elle prenait un ton plus violent et plus caractérisé. Comme Jupiter s'efforçait de nouveau de le museler, il fit une résistance furieuse, et, bondissant dans le trou, il se mit à gratter frénétiquement la terre avec ses griffes. En quelques secondes, il avait découvert une masse d'ossements humains, formant deux squelettes complets et mêlés de plusieurs boutons de métal, avec quelque chose qui nous parut être de la vieille laine pourrie et émiettée. Un ou deux coups de bêche firent sauter la lame d'un grand couteau espagnol ; nous creusâmes encore, et trois ou quatre pièces de monnaie d'or et d'argent apparurent éparpillées.

A cette vue, Jupiter put à peine contenir sa joie, mais la physionomie de son maître exprima un affreux désappointement. Il nous supplia toutefois de continuer nos efforts, et à peine avait-il fini de parler que je trébuchai et tombai en avant ; la pointe de ma botte s'était engagée dans un gros anneau de fer qui gisait à moitié enseveli sous un amas de terre fraîche.

Nous nous remîmes au travail avec une ardeur nouvelle ; jamais je n'ai passé dix minutes dans une aussi vive exaltation. Durant cet intervalle, nous déterrâmes complètement un coffre de forme oblongue, qui, à en juger par sa parfaite conservation et son étonnante dureté, avait été évidemment soumis à quelque procédé de minéralisation, – peut-être au bichlorure de mercure. Ce coffre avait trois pieds et demi de long, trois de large et deux et demi de profondeur. Il était solidement maintenu par des lames de fer forgé, rivées et formant tout autour une espèce de treillage. De chaque côté du coffre, près du couvercle, étaient trois anneaux de fer, six en tout, au moyen desquels six personnes pouvaient s'en emparer. Tous nos efforts réunis ne réussirent qu'à le déranger légèrement de son lit. Nous vîmes tout de suite l'impossibilité d'emporter un si énorme poids. Par bonheur, le couvercle n'était retenu que par deux verrous que nous fîmes glisser, – tremblants et pantelants d'anxiété. En un instant, un trésor d'une valeur incalculable s'épanouit, étincelant, devant nous. Les rayons des lanternes tombaient dans la fosse, et faisaient jaillir d'un amas confus d'or et de bijoux des éclairs et des splendeurs qui nous éclaboussaient positivement les yeux.

Je n'essayerai pas de décrire les sentiments avec lesquels je contemplais ce trésor. La stupéfaction, comme on peut le supposer, dominait tous les autres. Legrand paraissait épuisé par son excitation même, et ne prononça que quelques paroles. Quant à Jupiter, sa figure devint aussi mortellement pâle que cela est possible à une figure de nègre. Il semblait stupéfié, foudroyé. Bientôt il tomba sur ses genoux dans la fosse, et plongeant ses bras nus dans l'or jusqu'au coude, il les y laissa longtemps, comme s'il jouissait des voluptés d'un bain. Enfin, il s'écria avec un profond soupir, comme se parlant à lui-même :

– Et tout cela vient du scarabée d'or ? Le joli scarabée d'or ! le pauvre petit scarabée d'or que j'injuriais, que je calomniais ! N'as-tu pas honte de toi, vilain nègre ? – Hein, qu'as-tu à répondre ?

Il fallut que je réveillasse, pour ainsi dire, le maître et le valet, et que je leur fisse comprendre qu'il y avait urgence à emporter le trésor. Il se faisait tard, et il nous fallait déployer quelque activité, si nous voulions que tout fût en sûreté chez nous avant le jour. Nous ne savions quel parti prendre, et nous perdions beaucoup de temps en délibérations, tant nous avions les idées en désordre. Finalement nous allégeâmes le coffre en enlevant les deux tiers de son contenu, et nous pûmes enfin, mais non sans peine encore, l'arracher de son trou. Les objets que nous en avions tirés furent déposés parmi les ronces, et confiés à la garde du chien, à qui Jupiter enjoignit strictement de ne bouger sous aucun prétexte, et de ne pas même ouvrir la bouche jusqu'à notre retour. Alors, nous nous mîmes précipitamment en route avec le coffre, nous atteignîmes la hutte sans accident, mais après une fatigue effroyable et à une heure du matin. Epuisés comme nous l'étions, nous ne pouvions immédiatement nous remettre à la besogne, c'eût été dépasser les forces de la nature. Nous nous reposâmes jusqu'à deux heures, puis nous soupâmes ; enfin nous nous remîmes en route pour les montagnes, munis de trois gros sacs que nous trouvâmes par bonheur dans la hutte. Nous arrivâmes un peu avant quatre heures à notre fosse, nous nous partageâmes aussi également que possible le reste du butin, et, sans nous donner la peine de combler le trou, nous nous remîmes en marche vers notre case, où nous déposâmes pour la seconde fois nos précieux fardeaux, juste comme les premières bandes de l'aube apparaissaient à l'est, au-dessus de la cime des arbres.

Nous étions absolument brisés ; mais la profonde excitation actuelle nous refusa le repos. Après un sommeil inquiet de trois ou quatre heures, nous nous levâmes, comme si nous nous étions concertés, pour procéder à l'examen du trésor.

Le coffre avait été rempli jusqu'aux bords, et nous passâmes toute la journée et la plus grande partie de la nuit suivante à inventorier son contenu. On n'y avait mis aucune espèce d'ordre ni d'arrangement ; tout y avait été empilé pêle-mêle. Quand nous eûmes fait soigneusement un classement général, nous nous trouvâmes en possession d'une fortune qui dépassait tout ce que nous avions supposé. Il y avait en espèces plus de quatre cent cinquante mille dollars, – en estimant la valeur des pièces aussi rigoureusement que possible d'après les tables de l'époque. Dans tout cela, pas une parcelle d'argent. Tout était en or de vieille date et d'une grande variété : monnaies française, espagnole et allemande, quelques guinées anglaises, et quelques jetons dont nous n'avions jamais vu aucun modèle. Il y avait plusieurs pièces de monnaie, très-grandes et très-lourdes, mais si usées, qu'il nous fut impossible de déchiffrer les inscriptions. Aucune monnaie américaine. Quant à l'estimation des bijoux, ce fut une affaire un peu plus difficile. Nous trouvâmes des diamants, dont quelques-uns très-beaux et d'une grosseur singulière, – en tout, cent dix, dont pas un n'était petit ; dix-huit rubis d'un éclat remarquable ; trois cent dix émeraudes toutes très-belles ; vingt et un saphirs et une opale. Toutes ces pierres avaient été arrachées de leurs montures et jetées pêle-mêle dans le coffre. Quant aux montures elles-mêmes, dont nous fîmes une catégorie distincte de l'autre or, elles paraissaient avoir été broyées à coups de marteau comme pour rendre toute reconnaissance impossible. Outre tout cela, il y avait une énorme quantité d'ornements en or massif, – près de deux cents bagues ou boucles d'oreilles massives ; de belles chaînes, au nombre de trente, si j'ai bonne mémoire ; quatre-vingt-trois crucifix très-grands et très-lourds ; cinq encensoirs d'or d'un grand prix ; un gigantesque bol à punch en or, orné de feuilles de vigne et de figures de bacchantes largement ciselées ; deux poignées d'épées merveilleusement travaillées, et une foule d'autres articles plus petits et dont j'ai perdu le souvenir. Le poids de toutes ces valeurs dépassait trois cent cinquante livres ; et dans cette estimation j'ai omis cent quatre-vingt-dix-sept montres d'or superbes, dont trois valaient chacune cinq cents dollars. Plusieurs étaient très-vieilles, et sans aucune valeur comme pièces d'horlogerie, les mouvements ayant plus ou moins souffert de l'action corrosive de la terre ; mais toutes étaient magnifiquement ornées de pierreries, et les boîtes étaient d'un grand prix. Nous évaluâmes cette nuit le contenu total du coffre à un million et demi de dollars ; et, lorsque plus tard nous disposâmes des bijoux et des pierreries, – après en avoir gardé quelques-uns pour notre usage personnel, – nous trouvâmes que nous avions singulièrement sous-évalué le trésor.

Lorsque nous eûmes enfin terminé notre inventaire et que notre terrible exaltation fut en grande partie apaisée, Legrand, qui voyait que je mourais d'impatience de posséder la solution de cette prodigieuse énigme, entra dans un détail complet de toutes les circonstances qui s'y rapportaient.

– Vous vous rappelez, dit-il, le soir où je vous fis passer la grossière esquisse que j'avais faite du scarabée. Vous vous souvenez aussi que je fus passablement choqué de votre insistance à me soutenir que mon dessin ressemblait à une tête de mort. La première fois que vous lâchâtes cette assertion, je crus que vous plaisantiez ; ensuite je me rappelai les taches particulières sur le dos de l'insecte, et je reconnus en moi-même que votre remarque avait en somme quelque fondement. Toutefois, votre ironie à l'endroit de mes facultés graphiques m'irritait, car on me regarde comme un artiste fort passable ; aussi, quand vous me tendîtes le morceau de parchemin, j'étais au moment de le froisser avec humeur et de le jeter dans le feu.

– Vous voulez parler du morceau de *papier*, dis-je.

– Non, cela avait toute l'apparence du papier, et,

moi-même, j'avais d'abord supposé que c'en était ; mais, quand je voulus dessiner dessus, je découvris tout de suite que c'était un morceau de parchemin très-mince. Il était fort sale, vous vous le rappelez. Au moment même où j'allais le chiffonner, mes yeux tombèrent sur le dessin que vous aviez regardé, et vous pouvez concevoir quel fut mon étonnement quand j'aperçus l'image positive d'une tête de mort à l'endroit même où j'avais cru dessiner un scarabée. Pendant un moment, je me sentis trop étourdi pour penser avec rectitude. Je savais que mon croquis différait de ce nouveau dessin par tous ses détails, bien qu'il y eût une certaine analogie dans le contour général. Je pris alors une chandelle, et, m'asseyant à l'autre bout de la chambre, je procédai à une analyse plus attentive du parchemin. En le retournant, je vis ma propre esquisse sur le revers, juste comme je l'avais faite. Ma première impression fut simplement de la surprise ; il y avait une analogie réellement remarquable dans le contour, et c'était une coïncidence singulière que ce fait de l'image d'un crâne, inconnue à moi, occupant l'autre côté du parchemin immédiatement au-dessous de mon dessin du scarabée, – et d'un crâne qui ressemblait si exactement à mon dessin, non-seulement par le contour, mais aussi par la dimension. Je dis que la singularité de cette coïncidence me stupéfia positivement pour un instant. C'est l'effet ordinaire de ces sortes de coïncidences. L'esprit s'efforce d'établir un rapport, une liaison de cause à effet, – et, se trouvant impuissant à y réussir, subit une espèce de paralysie momentanée. Mais, quand je revins de cette stupeur, je sentis luire en moi par degrés une conviction qui me frappa bien autrement encore que cette coïncidence. Je commençai à me rappeler distinctement, positivement, qu'il n'y avait aucun dessin sur le parchemin quand j'y fis mon croquis du scarabée. J'en acquis la parfaite certitude ; car je me souvins de l'avoir tourné et retourné en cherchant l'endroit le plus propre. Si le crâne avait été visible, je l'aurais infailliblement remarqué. Il y avait réellement là un mystère que je me sentais incapable de débrouiller ; mais, dès ce moment même, il me sembla voir prématurément poindre une faible lueur dans les régions les plus profondes et les plus secrètes de mon entendement, une espèce de ver luisant intellectuel, une conception embryonnaire de la vérité, dont notre aventure de l'autre nuit nous a fourni une si splendide démonstration. Je me levai décidément, et serrant soigneusement le parchemin, je renvoyai toute réflexion ultérieure jusqu'au moment où je pourrais être seul.

» Quand vous fûtes parti et quand Jupiter fut bien endormi, je me livrai à une investigation un peu plus méthodique de la chose. Et d'abord je voulus comprendre de quelle manière ce parchemin était tombé dans mes mains. L'endroit où nous découvrîmes le scarabée était sur la côte du continent, à un mille environ à l'est de l'île, mais à une petite distance au-dessus du niveau de la marée haute. Quand je m'en emparai, il me mordit cruellement, et je le lâchai. Jupiter, avec sa prudence accoutumée, avant de prendre l'insecte, qui s'était envolé de son côté, chercha autour de lui une feuille ou quelque chose d'analogue, avec quoi il pût s'en emparer. Ce fut en ce moment que ses yeux et les miens tombèrent sur le morceau de parchemin, que je pris alors pour du papier. Il était à moitié enfoncé dans le sable, avec un coin en l'air. Près de l'endroit où nous le trouvâmes, j'observai les restes d'une coque de grande embarcation, autant du moins que j'en pus juger. Ces débris de naufrage étaient là probablement depuis longtemps, car à peine pouvait-on y trouver la physionomie d'une charpente de bateau.

» Jupiter ramassa donc le parchemin, enveloppa l'insecte et me le donna. Peu de temps après, nous reprîmes le chemin de la hutte, et nous rencontrâmes le lieutenant G... Je lui montrai l'insecte, et il me pria de lui permettre de l'emporter au fort. J'y consentis, et il le fourra dans la poche de son gilet sans le parchemin qui lui servait d'enveloppe, et que je tenais toujours à la main pendant qu'il examinait le scarabée. Peut-être eut-il peur que je ne changeasse d'avis, et jugea-t-il prudent de s'assurer d'abord de sa prise ; vous savez qu'il est fou d'histoire naturelle et de tout ce qui s'y rattache. Il est évident qu'alors, sans y penser, j'ai remis le parchemin dans ma poche.

» Vous vous rappelez que, lorsque je m'assis à la table pour faire un croquis du scarabée, je ne trouvai pas de papier à l'endroit où on le met ordinairement. Je regardai dans le tiroir, il n'y en avait point. Je cherchai dans mes poches, espérant trouver une vieille lettre, quand mes doigts rencontrèrent le parchemin. Je vous détaille minutieusement toute la série de circonstances qui l'ont jeté dans mes mains ; car toutes ces circonstances ont singulièrement frappé mon esprit.

» Sans aucun doute, vous me considérerez comme un rêveur, – mais j'avais déjà établi une espèce de connexion. J'avais uni deux anneaux d'une grande chaîne. Un bateau échoué à la côte, et non loin de ce bateau un parchemin, – *non pas un papier*, – portant l'image d'un crâne. Vous allez naturellement me demander où est le rapport ? Je répondrai que le crâne ou la tête de mort est l'emblème bien connu des pirates. Ils ont toujours, dans tous leurs engagements, hissé le pavillon à tête de mort.

» Je vous ai dit que c'était un morceau de parchemin et non pas de papier. Le parchemin est une chose durable, presque impérissable. On confie rarement au parchemin des documents d'une minime importance, puisqu'il répond beaucoup moins bien que le papier aux besoins ordinaires de l'écriture et du dessin. Cette réflexion m'induisit à penser qu'il devait y avoir dans la tête de mort quelque rapport, quelque sens singulier. Je ne faillis pas non plus à remarquer la forme du parchemin. Bien que l'un des coins eût été détruit par quelque accident, on voyait bien que la forme primitive était oblongue. C'était donc une de ces bandes qu'on choisit pour écrire, pour consigner un document important, une note qu'on veut conserver longtemps et soigneusement.

– Mais, interrompis-je, vous dites que le crâne n'était pas sur le parchemin quand vous y dessinâtes le scarabée. Comment donc pouvez-vous établir un rapport entre le bateau et le crâne, – puisque ce dernier, d'après votre propre aveu, a dû être dessiné – Dieu sait comment ou par qui ! – postérieurement à votre dessin du scarabée ?

– Ah ! c'est là-dessus que roule tout le mystère ; bien que j'aie eu comparativement peu de peine à résoudre ce point de l'énigme. Ma marche était sûre, et ne pouvait me conduire qu'à un seul résultat. Je raisonnais ainsi, par exemple : quand je dessinai mon scarabée, il n'y avait pas trace de crâne sur le parchemin ; quand j'eus fini mon dessin, je vous le fis passer, et je ne vous perdis pas de vue que vous ne me l'eussiez rendu. Conséquemment ce n'était pas vous qui aviez dessiné le crâne, et il n'y avait là aucune autre personne pour le faire. Il n'avait donc pas été créé par l'action humaine ; et cependant, il était là, sous mes yeux !

» Arrivé à ce point de mes réflexions, je m'appliquai à me rappeler et je me rappelai en effet, et avec une parfaite exactitude, tous les incidents survenus dans l'intervalle en question. La température était froide, – oh ! l'heureux, le rare accident ! – et un bon feu flambait dans la cheminée. J'étais suffisamment réchauffé par l'exercice, et je m'assis près de la table. Vous, cependant, vous aviez tourné votre chaise tout près de la cheminée. Juste au moment où je vous mis le parchemin dans la main, et comme vous alliez l'examiner, Wolf, mon terre-neuve, entra et vous sauta sur les épaules. Vous le caressiez avec la main gauche, et vous cherchiez à l'écarter, en laissant tomber nonchalamment votre main droite, celle qui tenait le parchemin, entre vos genoux et tout près du feu. Je crus un moment que la flamme allait l'atteindre, et j'allais vous dire de prendre garde ; mais avant que j'eusse parlé vous l'aviez retiré, et vous vous étiez mis à l'examiner. Quand j'eus bien considéré toutes ces circonstances, je ne doutai pas un instant que la chaleur n'eût été l'agent qui avait fait apparaître sur le parchemin le crâne dont je voyais l'image. Vous savez bien qu'il y a – il y en a eu de tout temps – des préparations chimiques, au moyen desquelles on peut écrire sur du papier ou sur du vélin des caractères qui ne deviennent visibles que lorsqu'ils sont soumis à l'action du feu. On emploie quelquefois le safre, digéré dans l'eau régale et délayé dans quatre fois son poids d'eau ; il en résulte une teinte verte. Le régule de cobalt, dissous dans l'esprit de nitre, donne une couleur rouge. Ces couleurs disparaissent plus ou moins longtemps après que la substance sur laquelle on a écrit s'est refroidie, mais reparaissent à volonté par application nouvelle de la chaleur.

» J'examinai alors la tête de mort avec le plus grand soin. Les contours extérieurs, c'est-à-dire les plus rapprochés du bord du vélin, étaient beaucoup plus distincts que les autres. Evidemment l'action du calorique avait été imparfaite ou inégale. J'allumai immédiatement du feu, et je soumis chaque partie du parchemin à une chaleur brûlante. D'abord, cela n'eut d'autre effet que de renforcer les lignes un peu pâles du crâne ; mais, en continuant l'expérience, je vis apparaître, dans un coin de la bande, au coin diagonalement opposé à celui où était tracée la tête de mort, une figure que je supposai d'abord être celle d'une chèvre. Mais un examen plus attentif me convainquit qu'on avait voulu représenter un chevreau.

– Ah ! ah ! dis-je, je n'ai certes pas le droit de me moquer de vous ; – un million et demi de dollars ! c'est chose trop sérieuse pour qu'on en plaisante ; – mais vous n'allez pas ajouter un troisième anneau à votre chaîne ; vous ne trouverez aucun rapport spécial entre vos pirates et une chèvre ; – les pirates, vous le savez, n'ont rien à faire avec les chèvres. – Cela regarde les fermiers.

– Mais je viens de vous dire que l'image n'était pas celle d'une chèvre.

– Bon ! va pour un chevreau ; c'est presque la même chose.

– Presque, mais pas tout à fait, dit Legrand. – Vous avez entendu parler peut-être d'un certain capitaine Kidd. Je considérai tout de suite la figure de cet animal comme une espèce de signature logogriphique ou hiéroglyphique (*kid*, chevreau). Je dis signature, parce que la place qu'elle occupait sur le vélin suggérait naturellement cette idée. Quant à la tête de mort placée au coin diagonalement opposé, elle avait l'air d'un sceau, d'une estampille. Mais je fus cruellement déconcerté par l'absence du reste, – du corps même de mon document rêvé, – du texte de mon contexte.

– Je présume que vous espériez trouver une lettre entre le timbre et la signature.

– Quelque chose comme cela. Le fait est que je me sentais comme irrésistiblement pénétré du pressentiment d'une immense bonne fortune imminente. Pourquoi ? je ne saurais trop le dire. Après tout, peut-être était-ce plutôt un désir qu'une croyance positive ; – mais croiriez-vous que le dire absurde de Jupiter, que le scarabée était en or massif, a eu une influence remarquable sur mon imagination ? Et puis cette série d'accidents et de coïncidences était vraiment si extraordinaire ! Avez-vous remarqué tout ce qu'il y a de fortuit là-dedans ? Il a fallu que tous ces événements arrivassent le seul jour de toute l'année où il a fait, où il a pu faire assez froid pour nécessiter du feu ; et, sans ce feu et sans l'intervention du chien au moment précis où il a paru, je n'aurais jamais eu connaissance de la tête de mort et n'aurais jamais possédé ce trésor.

– Allez, allez, je suis sur des charbons.

– Eh bien, vous avez donc connaissance d'une foule d'histoires qui courent, de mille rumeurs vagues relatives aux trésors enfouis quelque part sur la côte de l'Atlantique, par Kidd et ses associés ? En somme, tous ces bruits devaient avoir quelque fondement. Et si ces bruits duraient depuis si longtemps et avec tant de persistance, cela ne pouvait, selon moi, tenir qu'à un fait, c'est que le trésor enfoui était resté enfoui. Si Kidd avait caché son butin pendant un certain temps et l'avait ensuite repris, ces rumeurs ne seraient pas sans doute venues jusqu'à nous sous leur forme actuelle et invariable. Remarquez que les histoires en question roulent toujours sur des chercheurs et jamais sur des trouveurs de trésors. Si le pirate avait repris son argent, l'affaire en serait restée là. Il me semblait que quelque accident, par exemple la perte de la note qui indiquait l'endroit précis, avait dû le priver des moyens de le recouvrer. Je supposais que cet accident était arrivé à la connaissance de ses compagnons, qui autrement n'auraient jamais su qu'un trésor avait été enfoui, et qui, par leurs recherches infructueuses, sans guide et sans notes positives, avaient donné naissance à cette rumeur universelle et à ces légendes aujourd'hui si communes. Avez-vous jamais entendu parler d'un trésor important qu'on aurait déterré sur la côte ?

– Jamais.

– Or, il est notoire que Kidd avait accumulé d'immenses richesses. Je considérais donc comme chose sûre que la terre les gardait encore ; et vous ne vous étonnerez pas quand je vous dirai que je sentais en moi une espérance, – une espérance qui montait presque à la certitude ; – c'est que le parchemin, si singulièrement trouvé, contiendrait l'indication disparue du lieu où avait été fait le dépôt.

– Mais comment avez-vous fait ?

– J'exposai de nouveau le vélin au feu, après avoir augmenté la chaleur ; mais rien ne parut. Je pensai que la couche de crasse pouvait bien être pour quelque chose dans cet insuccès ; aussi je nettoyai soigneusement le parchemin en versant de l'eau chaude dessus, puis je le plaçai dans une casserole de fer-blanc, le crâne en dessous, et je posai la casserole sur un réchaud de charbons allumés. Au bout de quelques minutes, la casserole étant parfaitement chauffée, je retirai la bande de vélin, et je m'aperçus, avec une joie inexprimable, qu'elle était mouchetée en plusieurs endroits de signes qui ressemblaient à des chiffres rangés en lignes. Je replaçai la chose dans la casserole, et l'y laissai encore une minute, et, quand je l'en retirai, elle était juste comme vous allez la voir.

Ici, Legrand, ayant de nouveau chauffé le vélin, le soumit à mon examen. Les caractères suivants apparaissaient en rouge, grossièrement tracés entre la tête de mort et le chevreau :

53 ‡‡ + 305))6* ;4826)4 ‡.)4 ‡) ;806*;48 + 8 ¶ 60))85 ;1 ‡(; : ‡ *8 + 83(88)5* + ;46(;88*96*? ;8)* ‡(;485) ;5* + 2:* ‡(;4956*2

(5*–4)8 ¶ 8* ;4069285) ;)6+8)4 ‡‡ ; 1(‡9 ;48081 ;8:8 ‡1;48 + 85 ; 4)485 + 528806*81(‡9 ;48 ;(88 ;4(‡?34 ;48)4 ‡ ;161 ;:188 ; ‡ ? ;

– Mais, dis-je, en lui tendant la bande de vélin, – je n'y vois pas plus clair. Si tous les trésors de Golconde devaient être pour moi le prix de la solution de cette énigme, je serais parfaitement sûr de ne pas les gagner.

– Et cependant, dit Legrand, la solution n'est certainement pas aussi difficile qu'on se l'imaginerait au premier coup d'œil. Ces caractères, comme chacun pourrait le deviner facilement, forment un chiffre, c'est-à-dire qu'ils présentent un sens ; mais, d'après ce que nous savons de Kidd, je ne devais pas le supposer capable de fabriquer un échantillon de cryptographie bien abstruse. Je jugeai donc tout d'abord que celui-ci était d'une espèce simple, – tel cependant qu'à l'intelligence grossière du marin il dût paraître absolument insoluble sans la clef.

– Et vous l'avez résolu, vraiment ?

– Très-aisément ; j'en ai résolu d'autres dix mille fois plus compliqués. Les circonstances et une certaine inclination d'esprit m'ont amené à prendre intérêt à ces sortes d'énigmes, et il est vraiment douteux que l'ingéniosité humaine puisse créer une énigme de ce genre dont l'ingéniosité humaine ne vienne à bout par une application suffisante. Aussi, une fois que j'eus réussi à établir une série de caractères lisibles, je daignai à peine songer à la difficulté d'en dégager la signification.

» Dans le cas actuel, – et, en somme, dans tous les cas d'écriture secrète, – la première question à vider, c'est la *langue* du chiffre : car les principes de solution, particulièrement quand il s'agit des chiffres les plus simples, dépendent du génie de chaque idiome, et peuvent être modifiés. En général, il n'y a pas d'autre moyen que d'essayer successivement, en se dirigeant suivant les probabilités, toutes les langues qui vous sont connues jusqu'à ce que vous ayez trouvé la bonne. Mais, dans le chiffre qui nous occupe, toute difficulté à cet égard était résolue par la signature. Le rébus sur le mot *Kidd* n'est possible que dans la langue anglaise. Sans cette circonstance, j'aurais commencé mes essais par l'espagnol et le français, comme étant les langues dans lesquelles un pirate des mers espagnoles aurait dû le plus naturellement enfermer un secret de cette nature. Mais, dans le cas actuel, je présumai que le cryptogramme était anglais.

» Vous remarquez qu'il n'y a pas d'espaces entre les mots. S'il y avait eu des espaces, la tâche eût été singulièrement plus facile. Dans ce cas, j'aurais commencé par faire une collation et une analyse des mots les plus courts, et, si j'avais trouvé, comme cela est toujours probable, un mot d'une seule lettre, *a* ou *I* (un, je) par exemple, j'aurais considéré la solution comme assurée. Mais, puisqu'il n'y avait pas d'espaces, mon premier devoir était de relever les lettres prédominantes, ainsi que celles qui se rencontraient le plus rarement. Je les comptai toutes, et je dressai la table que voici :

Le caractère 8 se trouve 33 fois.
   » ; » 26 »
   » 4 » 19 »
   » ‡ et) » 16 »

»	*	»	13	»
»	5	»	12	»
»	6	»	11	»
»	+ et 1	»	8	»
»	0	»	6	»
»	9 et 2	»	5	»
»	: et 3	»	4	»
»	?	»	3	»
»	¶	»	2	»
»	– et .	»	1	»

» Or, la lettre qui se rencontre le plus fréquemment en anglais est *e*. Les autres lettres se succèdent dans cet ordre : *a o i d h n r s t u y c f g l m w b k p q x z*. *E* prédomine si singulièrement, qu'il est très-rare de trouver une phrase d'une certaine longueur dont il ne soit pas le caractère principal.

» Nous avons donc, tout en commençant, une base d'opérations qui donne quelque chose de mieux qu'une conjecture. L'usage général qu'on peut faire de cette table est évident ; mais, pour ce chiffre particulier, nous ne nous en servirons que très-médiocrement. Puisque notre caractère dominant est 8, nous commencerons par le prendre pour l'*e* de l'alphabet naturel. Pour vérifier cette supposition, voyons si le 8 se rencontre souvent double ; car l'*e* se redouble très-fréquemment en anglais, comme par exemple dans les mots : *meet, fleet, speed, seen, been, agree*, etc. Or, dans le cas présent, nous voyons qu'il n'est pas redoublé moins de cinq fois, bien que le cryptogramme soit très-court.

» Donc 8 représentera *e*. Maintenant, de tous les mots de la langue, *the* est le plus utilisé ; consé-

51

quemment, il nous faut voir si nous ne trouverons pas répétée plusieurs fois la même combinaison de trois caractères, ce 8 étant le dernier des trois. Si nous trouvons des répétitions de ce genre, elles représenteront très-probablement le mot *the*. Vérification faite, nous n'en trouvons pas moins de 7 ; et les caractères sont ;48. Nous pouvons donc supposer que ; représente *t*, que 4 représente *h*, et que 8 représente *e*, – la valeur du dernier se trouvant ainsi confirmée de nouveau. Il y a maintenant un grand pas de fait.

» Nous n'avons déterminé qu'un mot, mais ce seul mot nous permet d'établir un point beaucoup plus important, c'est-à-dire les commencements et les terminaisons d'autres mots. Voyons, par exemple, l'avant-dernier cas où se présente la combinaison ;48, presque à la fin du chiffre. Nous savons que le ; qui vient immédiatement après est le commencement d'un mot, et des six caractères qui suivent ce *the*, nous n'en connaissons pas moins de cinq. Remplaçons donc ces caractères par les lettres qu'ils représentent, en laissant un espace pour l'inconnu :

t eeth.

» Nous devons tout d'abord écarter le *th* comme ne pouvant pas faire partie du mot qui commence par le premier *t*, puisque nous voyons, en essayant successivement toutes les lettres de l'alphabet pour combler la lacune, qu'il est impossible de former un mot dont ce *th* puisse faire partie. Réduisons donc nos caractères à :

t ee,

et reprenant de nouveau tout l'alphabet, s'il le faut, nous concluons au mot *tree* (arbre), comme à la seule version possible. Nous gagnons ainsi une nouvelle lettre, *r*, représentée par (, plus deux mots juxtaposés, *the tree* (l'arbre).

» Un peu plus loin, nous retrouvons la combinaison ;48, et nous nous en servons comme de terminaison à ce qui précède immédiatement. Cela nous donne l'arrangement suivant :

the tree ;4(‡?34 *the,*

ou, en substituant les lettres naturelles aux caractères que nous connaissons,

the tree thr ‡?3*h the.*

» Maintenant, si aux caractères inconnus nous substituons des blancs ou des points, nous aurons :

the three thr... h the,

et le mot *through* (par, à travers) se dégage pour ainsi dire de lui-même. Mais cette découverte nous donne trois lettres de plus, *o, u* et *g*, représentées par ‡, ? et 3.

» Maintenant, cherchons attentivement dans le cryptogramme des combinaisons de caractères connus, et nous trouverons, non loin du commencement, l'arrangement suivant :

83(88, ou *egree,*

qui est évidemment la terminaison du mot *degree* (degré), et qui nous livre encore une lettre *d*, représentée par +.

» Quatre lettres plus loin que ce mot *degree*, nous trouvons la combinaison :

;46(;88*),

dont nous traduisons les caractères connus et représentons l'inconnu par un point ; cela nous donne :

th.rtee*,

arrangement qui nous suggère immédiatement le mot *thirteen* (treize), et nous fournit deux lettres nouvelles, *i*, et *n*, représentées par 6 et *.

» Reportons-nous maintenant au commencement du cryptogramme, nous trouvons la combinaison :

53‡‡ +

» Traduisant comme nous avons déjà fait, nous obtenons

.good,

ce qui nous montre que la première lettre est un *a*, et que les deux premiers mots sont *a good* (un bon, une bonne).

» Il serait temps maintenant, pour éviter toute confusion, de disposer toutes nos découvertes sous forme de table. Cela nous fera un commencement de clef :

5	représente	*a*
+	»	*d*
8	»	*e*
3	»	*g*
4	»	*h*
6	»	*i*
*	»	*n*
‡	»	*o*
(	»	*r*
;	»	*t*
?	»	*u*

» Ainsi, nous n'avons pas moins de onze des lettres les plus importantes, et il est inutile que nous poursuivions la solution à travers tous ses détails. Je vous en ai dit assez pour vous convaincre que des chiffres de cette nature sont faciles à résoudre, et pour vous donner un aperçu de l'analyse raisonnée qui sert à les débrouiller. Mais tenez pour certain que le spécimen que nous avons sous les yeux appartient à la catégorie la plus simple de la cryptographie. Il ne me reste plus qu'à vous donner la traduction complète du document, comme si nous avions déchiffré successivement tous les caractères. La voici :

A good glass in the bishop's hostel in the devil's seat forty-one degrees and thirteen minutes northeast and by north main branch seventh limb east side shoot from the left eye of the death's-head a bee-line from the tree through the shot fifty feet out.

(Un bon verre dans l'hostel de l'évêque dans la chaise du diable quarante et un degrés et treize minutes nord-est quart de nord principale tige septième branche côté est lâchez de l'œil gauche de la tête de mort une ligne d'abeille de l'arbre à travers la balle cinquante pieds au large.)

– Mais, dis-je, l'énigme me paraît d'une qualité tout aussi désagréable qu'auparavant. Comment peut-on tirer un sens quelconque de tout ce jargon de *chaise du diable*, de *tête de mort* et d'*hostel de l'évêque* ?

– Je conviens, répliqua Legrand, que l'affaire a l'air encore passablement sérieux, quand on y jette un simple coup d'œil. Mon premier soin fut d'essayer de retrouver dans la phrase les divisions naturelles qui étaient dans l'esprit de celui qui l'écrivit.

– De la ponctuer, voulez-vous dire ?

– Quelque chose comme cela.

– Mais comment diable avez-vous fait ?

– Je réfléchis que l'écrivain s'était fait une loi d'assembler les mots sans aucune division, espérant rendre ainsi la solution plus difficile. Or, un homme qui n'est pas excessivement fin sera presque toujours enclin, dans une pareille tentative, à dépasser la mesure. Quand, dans le cours de sa composition, il arrive à une interruption de sens qui demanderait naturellement une pause ou un point, il est fatalement porté à serrer les caractères plus que d'habitude. Examinez ce manuscrit, et vous découvrirez facilement cinq endroits de ce genre où il y a pour ainsi dire encombrement de caractères. En me dirigeant d'après cet indice j'établis la division suivante :

A good glass in the bishop's hostel in the devil's seat – forty-one degrees and thirteen minutes – northeast and by north – main branch seventh limb east side – shoot from the left eye of the death's-head – a bee-line from the tree through the shot fifty feet out.

(Un bon verre dans l'hostel de l'évêque dans la chaise du diable – quarante et un degrés et treize minutes – nord-est quart de nord – principale tige septième branche côté est – lâchez de l'œil gauche de la tête de mort – une ligne d'abeille de l'arbre à travers la balle cinquante pieds au large.)

– Malgré votre division, dis-je, je reste toujours dans les ténèbres.
– J'y restai moi-même pendant quelques jours, répliqua Legrand. Pendant ce temps, je fis force recherches dans le voisinage de l'île de Sullivan sur un bâtiment qui devait s'appeler l'*Hôtel de l'Evêque*, car je ne m'inquiétai pas de la vieille orthographe du mot *hostel*. N'ayant trouvé aucun renseignement à ce sujet, j'étais sur le point d'étendre la sphère de mes recherches et de procéder d'une manière plus systématique, quand, un matin, je m'avisai tout à coup que ce *Bishop's hostel* pouvait bien avoir rapport à une vieille famille du nom de Bessop, qui, de temps immémorial, était en possession d'un ancien manoir à quatre milles environ au nord de l'île. J'allai donc à la plantation, et je recommençai mes questions parmi les plus vieux nègres de l'endroit. Enfin, une des femmes les plus

âgées me dit qu'elle avait entendu parler d'un endroit comme *Bessop's castle* (château de Bessop), et qu'elle croyait bien pouvoir m'y conduire, mais que ce n'était ni un château, ni une auberge, mais un grand rocher.

» Je lui offris de la bien payer pour sa peine, et, après quelque hésitation, elle consentit à m'accompagner jusqu'à l'endroit précis. Nous le découvrîmes sans trop de difficulté, je la congédiai, et commençai à examiner la localité. Le *château* consistait en un assemblage irrégulier de pics et de rochers, dont l'un était aussi remarquable par sa hauteur que par son isolement et sa configuration quasi artificielle. Je grimpai au sommet, et, là, je me sentis fort embarrassé de ce que j'avais désormais à faire.

» Pendant que j'y rêvais, mes yeux tombèrent sur une étroite saillie dans la face orientale du rocher, à un yard environ au-dessous de la pointe où j'étais placé. Cette saillie se projetait de dix-huit pouces à peu près, et n'avait guère plus d'un pied de large ; une niche creusée dans le pic juste au-dessus lui donnait une grossière ressemblance avec les chaises à dos concave dont se servaient nos ancêtres. Je ne doutai pas que ce ne fût la *chaise du diable* dont il était fait mention dans le manuscrit, et il me sembla que je tenais désormais tout le secret de l'énigme.

» Le *bon verre*, je le savais, ne pouvait pas désigner autre chose qu'une longue-vue ; car nos marins emploient rarement le mot *glass* dans un autre sens. Je compris tout de suite qu'il fallait ici se servir d'une longue-vue, en se plaçant à un point de vue défini et *n'admettant aucune variation*. Or, les phrases : *quarante et un degrés et treize minutes*, et *nord-est quart de nord* – je n'hésitai pas un instant à le croire, – devaient donner la direction pour pointer la longue-vue. Fortement remué par toutes ces découvertes, je me précipitai chez moi, je me procurai une longue-vue, et je retournai au rocher.

» Je me laissai glisser sur la corniche, et je m'aperçus qu'on ne pouvait s'y tenir assis que dans une certaine position. Ce fait confirma ma conjecture. Je pensai alors à me servir de la longue-vue. Naturellement, les *quarante et un degrés et treize minutes* ne pouvaient avoir trait qu'à l'élévation au-dessus de l'horizon sensible, puisque la direction horizontale était clairement indiquée par les mots *nord-est quart de nord*. J'établis cette direction au moyen d'une boussole de poche ; puis, pointant, aussi juste que possible par approximation, ma longue-vue à un angle de quarante et un degrés d'élévation, je la fis mouvoir avec précaution de haut en bas et de bas en haut, jusqu'à ce que mon attention fût arrêtée par une espèce de trou circulaire ou de lucarne dans le feuillage d'un grand arbre qui dominait tous ses voisins dans l'étendue visible. Au centre de ce trou, j'aperçus un point blanc, mais je ne pus pas tout d'abord distinguer ce que c'était. Après avoir ajusté le foyer de ma longue-vue, je regardai de nouveau, et je m'assurai enfin que c'était un crâne humain.

» Après cette découverte qui me combla de confiance, je considérai l'énigme comme résolue ; car la phrase : *principale tige, septième branche, côté est*, ne pouvait avoir trait qu'à la position du crâne sur l'arbre, et celle-ci : *lâchez de l'œil gauche de la tête de mort*, n'admettait aussi qu'une interprétation, puisqu'il s'agissait de la recherche d'un trésor enfoui. Je compris qu'il fallait laisser tomber une balle de l'œil gauche du crâne et qu'une ligne d'abeille, ou, en d'autres termes, une ligne droite, partant du point le plus rapproché du tronc, et s'étendant, *à travers la balle*, c'est-à-dire à travers le point où tomberait la balle, indiquerait l'endroit précis, – et sous cet endroit je jugeai qu'il était pour le moins possible qu'un dépôt précieux fût encore enfoui.

– Tout cela, dis-je, est excessivement clair, et tout à la fois ingénieux, simple et explicite. Et, quand vous eûtes quitté *l'hôtel de l'Evêque*, que fîtes-vous ?

– Mais, ayant soigneusement noté mon arbre, sa forme et sa position, je retournai chez moi. A peine eus-je quitté *la chaise du Diable*, que le trou circulaire disparut, et, de quelque côté que je me tournasse, il me fut désormais impossible de l'apercevoir. Ce qui me paraît le chef-d'œuvre de l'ingéniosité dans toute cette affaire, c'est ce fait (car j'ai répété l'expérience et me suis convaincu que c'est un fait), que l'ouverture circulaire en question n'est visible que d'un seul point, et cet unique point de vue, c'est l'étroite corniche sur le flanc du rocher.

» Dans cette expédition à *l'hôtel de l'Evêque* j'avais été suivi par Jupiter, qui observait sans doute depuis quelques semaines mon air préoccupé, et mettait un soin particulier à ne pas me laisser seul. Mais, le jour suivant, je me levai de très-grand matin, je réussis à lui échapper, et je courus dans les montagnes à la recherche de mon arbre. J'eus beaucoup de peine à le trouver. Quand je revins chez moi à la nuit, mon domestique se disposait à me donner la bastonnade. Quant au reste de l'aventure, vous êtes, je présume, aussi bien renseigné que moi.

– Je suppose, dis-je, que, lors de nos premières fouilles, vous aviez manqué l'endroit par suite de la bêtise de Jupiter, qui laissa tomber le scarabée par l'œil droit du crâne au lieu de le laisser filer par l'œil gauche.

– Précisément. Cette méprise faisait une différence de deux pouces et demi environ relativement à *la balle*, c'est-à-dire à la position de la cheville près de l'arbre ; si le trésor avait été sous l'endroit marqué par *la balle*, cette erreur eût été sans importance ; mais *la balle* et le point le plus rapproché de l'arbre étaient deux points ne servant qu'à établir une ligne de direction ; naturellement, l'erreur, fort minime au commencement, augmentait en proportion de la longueur de la ligne, et, quand nous fûmes arrivés à une distance de cinquante pieds, elle nous avait totalement dévoyés. Sans l'idée fixe dont j'étais possédé, qu'il y avait positivement là, quelque part, un trésor enfoui, nous aurions peut-être bien perdu toutes nos peines.

– Mais votre emphase, vos attitudes solennelles, en balançant le scarabée ! – quelles bizarreries ! Je vous croyais positivement fou. Et pourquoi avez-vous absolument voulu laisser tomber du crâne votre insecte, au lieu d'une balle ?

– Ma foi ! pour être franc, je vous avouerai que je me sentais quelque peu vexé par vos soupçons relativement à l'état de mon esprit, et je résolus de vous punir tranquillement, à ma manière, par un petit brin de mystification froide. Voilà pourquoi je balançais le scarabée, et voilà pourquoi je voulus le faire tomber du haut de l'arbre. Une observation que vous fîtes sur son poids singulier me suggéra cette dernière idée.

– Oui, je comprends ; et maintenant il n'y a plus qu'un point qui m'embarrasse. Que dirons-nous des squelettes trouvés dans le trou ?

– Ah ! c'est une question à laquelle je ne saurais pas mieux répondre que vous. Je ne vois qu'une manière plausible de l'expliquer, – et mon hypothèse implique une atrocité telle, que cela est horrible à croire. Il est clair que Kidd, – si c'est bien Kidd qui a enfoui le trésor, ce dont je ne doute pas, pour mon compte, – il est clair que Kidd a dû se faire aider dans son travail. Mais, la besogne finie, il a pu juger convenable de faire disparaître tous ceux qui possédaient son secret. Deux bons coups de pioche ont peut-être suffi, pendant que ses aides étaient encore occupés dans la fosse ; il en a peut-être fallu une douzaine. – Qui nous le dira ?

LA LETTRE VOLÉE

Nil sapientiæ odiosius acumine nimio.
SÉNÈQUE.

J'étais à Paris en 18... Après une sombre et orageuse soirée d'automne, je jouissais de la double volupté de la méditation et d'une pipe d'écume de mer, en compagnie de mon ami Dupin, dans sa petite bibliothèque ou cabinet d'étude, rue Dunot, n° 33, au troisième, faubourg Saint-Germain. Pendant une bonne heure, nous avions gardé le silence ; chacun de nous, pour le premier observateur venu, aurait paru profondément et exclusivement occupé des tourbillons frisés de fumée qui chargeaient l'atmosphère de la chambre. Pour mon compte, je discutais en moi-même certains points, qui avaient été dans la première partie de la soirée l'objet de notre conversation ; je veux parler de l'affaire de la rue Morgue, et du mystère relatif à l'assassinat de Marie Roget. Je rêvais donc à l'espèce d'analogie qui reliait ces deux affaires, quand la porte de notre appartement s'ouvrit et donna passage à notre vieille connaissance, à M. G..., le préfet de police de Paris.

Nous lui souhaitâmes cordialement la bienvenue ; car l'homme avait son côté charmant comme son côté méprisable, et nous ne l'avions pas vu depuis quelques années... Comme nous étions assis dans les ténèbres, Dupin se leva pour allumer une lampe ; mais il se rassit et n'en fit rien, en entendant G... dire qu'il était venu pour nous consulter, ou plutôt pour demander l'opinion de mon ami relativement à une affaire qui lui avait causé une masse d'embarras.

– Si c'est un cas qui demande de la réflexion, observa Dupin, s'abstenant d'allumer la mèche, nous l'examinerons plus convenablement dans les ténèbres.

– Voilà encore une de vos idées bizarres, dit le préfet, qui avait la manie d'appeler bizarres toutes les choses situées au-delà de sa compréhension, et qui vivait ainsi au milieu d'une immense légion de bizarreries.

– C'est, ma foi, vrai ! dit Dupin en présentant une pipe à notre visiteur, et roulant vers lui un excellent fauteuil.

– Et maintenant, quel est le cas embarrassant ? demandai-je ; j'espère bien que ce n'est pas encore dans le genre assassinat.

– Oh ! non. Rien de pareil. Le fait est que l'affaire est vraiment très-simple, et je ne doute pas que nous ne puissions nous en tirer fort bien nous-mêmes ; mais j'ai pensé que Dupin ne serait pas fâché d'apprendre les détails de cette affaire, parce qu'elle est excessivement *bizarre*.

– Simple et bizarre, dit Dupin.

– Mais oui ; et cette expression n'est pourtant pas exacte ; l'un ou l'autre, si vous aimez mieux. Le fait est que nous avons été tous là-bas fortement embarrassés par cette affaire ; car, toute simple qu'elle est, elle nous déroute complètement.

– Peut-être est-ce la simplicité même de la chose qui vous induit en erreur, dit mon ami.

– Quel non-sens nous dites-vous là ! répliqua le préfet, en riant de bon cœur.

– Peut-être le mystère est-il un peu *trop* clair, dit Dupin.

– Oh ! bonté du ciel ! qui a jamais ouï parler d'une idée pareille.

– Un peu *trop* évident.

– Ha ! ha ! – ha ! ha ! – oh ! oh ! criait notre hôte, qui se divertissait profondément. Oh ! Dupin, vous me ferez mourir de joie, voyez-vous.

– Et enfin, demandai-je, quelle est la chose en question ?

– Mais, je vous la dirai, répliqua le préfet, en lâchant une longue, solide et contemplative bouffée de fumée, et s'établissant dans son fauteuil. Je vous la dirai en peu de mots. Mais, avant de commencer, laissez-moi vous avertir que c'est une affaire qui demande le plus grand secret, et que je perdrais très-probablement le poste que j'occupe, si l'on savait que je l'ai confiée à qui que ce soit.

– Commencez, dis-je.

– Ou ne commencez pas, dit Dupin.

– C'est bien ; je commence. J'ai été informé personnellement, et en très-haut lieu, qu'un certain document de la plus grande importance avait été soustrait dans les appartements royaux. On sait quel est l'individu qui l'a volé ; cela est hors de doute ; on l'a vu s'en emparer. On sait aussi que ce document est toujours en sa possession.

– Comment sait-on cela ? demanda Dupin.

– Cela est clairement déduit de la nature du document et de la non-apparition de certains résultats qui surgiraient immédiatement s'il sortait des mains du voleur ; en d'autres termes, s'il était employé en vue du but que celui-ci doit évidemment se proposer.

– Veuillez être un peu plus clair, dis-je.

– Eh bien, j'irai jusqu'à vous dire que ce papier confère à son détenteur un certain pouvoir dans un certain lieu où ce pouvoir est d'une valeur inappréciable. – Le préfet raffolait du *cant* diplomatique.

– Je continue à ne rien comprendre, dit Dupin.

– Rien, vraiment ? Allons ! Ce document, révélé à un troisième personnage, dont je tairai le nom, mettrait en question l'honneur d'une personne du plus haut rang ; et voilà ce qui donne au détenteur du document un ascendant sur l'illustre personne dont l'honneur et la sécurité sont ainsi mis en péril.

– Mais cet ascendant, interrompis-je, dépend de ceci : le voleur sait-il que la personne volée connaît son voleur ? Qui oserait... ?

– Le voleur, dit G..., c'est D..., qui ose tout ce qui est indigne d'un homme, aussi bien que ce qui est digne de lui. Le procédé du vol a été aussi ingénieux que hardi. Le document en question, une lettre, pour être franc, a été reçu par la personne volée pendant qu'elle était seule dans le boudoir royal. Pendant qu'elle le lisait, elle fut soudainement interrompue par l'entrée de l'illustre personnage à qui elle désirait particulièrement le cacher.

Après avoir essayé en vain de le jeter rapidement dans un tiroir, elle fut obligée de le déposer tout ouvert sur une table. La lettre, toutefois, était retournée, la suscription en dessus, et, le contenu étant ainsi caché, elle n'attira pas l'attention. Sur ces entrefaites arriva le ministre D... Son œil de lynx perçoit immédiatement le papier, reconnaît l'écriture de la suscription, remarque l'embarras de la personne à qui elle était adressée, et pénètre son secret.

» Après avoir traité quelques affaires, expédiées tambour battant, à sa manière habituelle, il tire de sa poche une lettre à peu près semblable à la lettre en question, l'ouvre, fait semblant de la lire, et la place juste à côté de l'autre. Il se remet à causer, pendant un quart d'heure environ, des affaires publiques. A la longue, il prend congé, et met la main sur la lettre à laquelle il n'a aucun droit. La personne volée le vit, mais, naturellement, n'osa pas attirer l'attention sur ce fait, en présence du troisième personnage qui était à son côté. Le ministre décampa, laissant sur la table sa propre lettre, une lettre sans importance.

– Ainsi, dit Dupin en se tournant à moitié vers moi, voilà précisément le cas demandé pour rendre l'ascendant complet : le voleur sait que la personne volée connaît son voleur.

– Oui, répliqua le préfet, et, depuis quelques mois, il a été largement usé, dans un but politique, de l'empire conquis par ce stratagème, et jusqu'à un point fort dangereux. La personne volée est de jour en jour plus convaincue de la nécessité de retirer sa lettre. Mais, naturellement, cela ne peut pas se faire ouvertement. Enfin, poussée au désespoir, elle m'a chargé de la commission.

– Il n'était pas possible, je suppose, dit Dupin dans une auréole de fumée, de choisir ou même d'imaginer un agent plus sagace.

– Vous me flattez, répliqua le préfet ; mais il est bien possible qu'on ait conçu de moi quelque opinion de ce genre.

– Il est clair, dis-je, comme vous l'avez remarqué, que la lettre est toujours entre les mains du ministre ; puisque c'est le fait de la possession et non l'usage de la lettre qui crée l'ascendant. Avec l'usage, l'ascendant s'évanouit.

– C'est vrai, dit G..., et c'est d'après cette conviction que j'ai marché. Mon premier soin a été de faire une recherche minutieuse à l'hôtel du ministre ; et, là, mon principal embarras fut de chercher à son insu. Par-dessus tout, j'étais en garde contre le danger qu'il y aurait eu à lui donner un motif de soupçonner notre dessein.

– Mais, dis-je, vous êtes tout à fait à votre affaire, dans ces espèces d'investigations. La police parisienne a pratiqué la chose plus d'une fois.

– Oh ! sans doute ; – et c'est pourquoi j'avais bonne espérance. Les habitudes du ministre me donnaient d'ailleurs un grand avantage. Il est souvent absent de chez lui toute la nuit. Ses domestiques ne sont pas nombreux. Ils couchent à une certaine distance de l'appartement de leur maître, et, comme ils sont napolitains avant tout, ils mettent de la bonne volonté à se laisser enivrer. J'ai, comme vous savez, des clefs avec lesquelles je puis ouvrir toutes les chambres et tous les cabinets de Paris. Pendant trois mois, il ne s'est pas passé une nuit, dont je n'aie employé la plus grande partie à fouiller, en personne, l'hôtel D... Mon honneur y est intéressé, et, pour vous confier un grand secret, la récompense est énorme. Aussi je n'ai abandonné les recherches que lorsque j'ai été pleinement convaincu que le voleur était encore plus fin que moi. Je crois que j'ai scruté tous les coins et recoins de la maison dans lesquels il était possible de cacher un papier.

– Mais ne serait-il pas possible, insinuai-je, que, bien que la lettre fût au pouvoir du ministre, – elle y est indubitablement, – il l'eût cachée ailleurs que dans sa propre maison ?

– Cela n'est guère possible, dit Dupin. La situation particulière, actuelle, des affaires de la cour, spécialement la nature de l'intrigue dans laquelle D... a pénétré, comme on sait, font de l'efficacité immédiate du document, – de la possibilité de le produire à la minute, – un point d'une importance presque égale à sa possession.

– La possibilité de le produire ? dis-je.

– Ou, si vous aimez mieux, de l'annihiler, dit Dupin.

– C'est vrai, remarquai-je. Le papier est donc évidemment dans l'hôtel. Quant au cas où il serait sur la personne même du ministre, nous le considérons comme tout à fait hors de question.

– Absolument, dit le préfet. Je l'ai fait arrêter deux fois par de faux voleurs, et sa personne a été scrupuleusement fouillée sous mes propres yeux.

– Vous auriez pu vous épargner cette peine, dit Dupin. – D... n'est pas absolument fou, je présume, et dès lors il a dû prévoir ces guets-apens comme choses naturelles.

– Pas *absolument* fou, c'est vrai, dit G..., – toutefois, c'est un poëte, ce qui, je crois, n'en est pas fort éloigné.

– C'est vrai, dit Dupin, après avoir longuement et pensivement poussé la fumée de sa pipe d'écume, bien que je me sois rendu moi-même coupable de certaine rapsodie.

– Voyons, dis-je, racontez-nous les détails précis de votre recherche.

– Le fait est que nous avons pris notre temps, et que nous avons cherché *partout*. J'ai une vieille expérience de ces sortes d'affaires. Nous avons entrepris la maison de chambre en chambre ; nous avons consacré à chacune les nuits de toute une semaine. Nous avons d'abord examiné les meubles de chaque appartement. Nous avons ouvert tous les tiroirs possibles ; et je présume que vous n'ignorez pas que, pour un agent de police bien dressé, un tiroir *secret* est une chose qui n'existe pas. Tout homme qui, dans une perquisition de cette nature, permet à un tiroir secret de lui échapper est une brute. La besogne est si facile ! Il y a dans chaque pièce une certaine quantité de volumes et de surfaces dont on peut se rendre compte. Nous avons pour cela des règles exactes. La cinquième partie d'une ligne ne peut pas nous échapper.

» Après les chambres, nous avons pris les sièges. Les coussins ont été sondés avec ces longues et fines aiguilles que vous m'avez vu employer. Nous avons enlevé les dessus des tables.

– Et pourquoi ?

– Quelquefois le dessus d'une table ou de toute autre pièce d'ameublement analogue est enlevé par une personne qui désire cacher quelque chose ; elle creuse le pied de la table ; l'objet est déposé dans la cavité, et le dessus replacé. On se sert de la même manière des montants d'un lit.

– Mais ne pourrait-on pas deviner la cavité par l'auscultation ? demandai-je.

– Pas le moins du monde, si, en déposant l'objet, on a eu soin de l'entourer d'une bourre de coton suffisante. D'ailleurs, dans notre cas, nous étions obligés de procéder sans bruit.

– Mais vous n'avez pas pu défaire, – vous n'avez pas pu démonter toutes les pièces d'ameublement dans lesquelles on aurait pu cacher un dépôt de la façon dont vous parlez. Une lettre peut être roulée en une spirale très-mince, ressemblant beaucoup par sa forme et son volume à une grosse aiguille à tricoter, et être ainsi insérée dans un bâton de chaise, par exemple. Avez-vous démonté toutes les chaises ?

– Non, certainement, mais nous avons fait mieux, nous avons examiné les bâtons de toutes les chaises de l'hôtel, et même les jointures de toutes les pièces de l'ameublement, à l'aide d'un puissant microscope. S'il y avait eu la moindre trace d'un désordre récent, nous l'aurions infailliblement découvert à l'instant. Un seul grain de poussière causée par la vrille, par exemple, nous aurait sauté aux yeux comme une pomme. La moindre altération dans la colle, – un simple bâillement dans les jointures aurait suffi pour nous révéler la cachette.

– Je présume que vous avez examiné les glaces entre la glace et le planchéiage, et que vous avez fouillé les lits et les courtines des lits, aussi bien que les rideaux et les tapis.

– Naturellement ; et quand nous eûmes absolument passé en revue tous les articles de ce genre, nous avons examiné la maison elle-même. Nous avons divisé la totalité de sa surface en compartiments, que nous avons numérotés, pour être sûrs de n'en omettre aucun ; nous avons fait de chaque pouce carré l'objet d'un nouvel examen au microscope, et nous y avons compris les deux maisons adjacentes.

– Les deux maisons adjacentes ! m'écriai-je ; vous avez dû vous donner bien du mal.

– Oui, ma foi ! mais la récompense offerte est énorme.

– Dans les maisons, comprenez-vous le sol ?

– Le sol est partout pavé en briques. Comparativement, cela ne nous a pas donné grand mal. Nous avons examiné la mousse entre les briques, elle était intacte.

– Vous avez sans doute visité les papiers de D..., et les livres de la bibliothèque ?

– Certainement, nous avons ouvert chaque paquet et chaque article ; nous n'avons pas seulement ouvert les livres, mais nous les avons parcourus feuillet par feuillet, ne nous contentant pas de les secouer simplement comme font plusieurs de nos officiers de police. Nous avons aussi mesuré l'épaisseur de chaque reliure avec la plus exacte minutie, et nous avons appliqué à chacune la curiosité jalouse du microscope. Si l'on avait récemment inséré quelque chose dans une des reliures, il eût été absolument impossible que le fait échappât à notre observation. Cinq ou six volumes qui sortaient des mains du relieur ont été soigneusement sondés longitudinalement avec les aiguilles.

– Vous avez exploré les parquets, sous les tapis ?

— Sans doute. Nous avons enlevé chaque tapis, et nous avons examiné les planches au microscope.

— Et les papiers des murs ?

— Aussi.

— Vous avez visité les caves ?

— Nous avons visité les caves.

— Ainsi, dis-je, vous avez fait fausse route, et la lettre n'est pas dans l'hôtel, comme vous le supposiez.

— Je crains que vous n'ayez raison, dit le préfet. — Et vous maintenant, Dupin, que me conseillez-vous de faire ?

— Faire une perquisition complète.

— C'est absolument inutile ! répliqua G... Aussi sûr que je vis, la lettre n'est pas dans l'hôtel !

— Je n'ai pas de meilleur conseil à vous donner, dit Dupin. Vous avez, sans doute, un signalement exact de la lettre ?

— Oh ! oui !

Et ici, le préfet, tirant un agenda, se mit à nous lire à haute voix une description minutieuse du document perdu, de son aspect intérieur, et spécialement de l'extérieur. Peu de temps après avoir fini la lecture de cette description, cet excellent homme prit congé de nous, plus accablé et l'esprit plus complètement découragé que je ne l'avais vu jusqu'alors.

Environ un mois après, il nous fit une seconde visite, et nous trouva occupés à peu près de la même façon. Il prit une pipe et un siège, et causa de choses et d'autres. A la longue, je lui dis :

— Eh bien, mais G..., et votre lettre volée ? Je présume qu'à la fin, vous vous êtes résigné à comprendre que ce n'est pas une petite besogne que d'enfoncer le ministre ?

– Que le diable l'emporte ! – J'ai pourtant recommencé cette perquisition, comme Dupin me l'avait conseillé ; mais, comme je m'en doutais, ç'a été peine perdue.

– De combien est la récompense offerte ? vous nous avez dit... demanda Dupin.

– Mais... elle est très-forte... une récompense vraiment magnifique, – je ne veux pas vous dire au juste combien ; mais une chose que je vous dirai, c'est que je m'engagerais bien à payer de ma bourse cinquante mille francs à celui qui pourrait me trouver cette lettre. Le fait est que la chose devient de jour en jour plus urgente, et la récompense a été doublée récemment. Mais, en vérité, on la triplerait, que je ne pourrais faire mon devoir mieux que je l'ai fait.

– Mais... oui... dit Dupin en traînant ses paroles au milieu des bouffées de sa pipe, je crois... réellement, G..., que vous n'avez pas fait... tout votre possible... vous n'êtes pas allé au fond de la question. Vous pourriez faire... un peu plus, je pense du moins, hein ?

– Comment ? dans quel sens ?

– Mais... (une bouffée de fumée) vous pourriez... (bouffée sur bouffée) – prendre conseil en cette matière, hein ? – (Trois bouffées de fumée.) – Vous rappelez-vous l'histoire qu'on raconte d'Abernethy ?

– Non ! au diable votre Abernethy !

– Assurément ! au diable, si cela vous amuse ! – Or donc, une fois, un certain riche, fort avare, conçut le dessein de soutirer à Abernethy une consultation médicale. Dans ce but, il entama avec lui, au milieu d'une société, une conversation ordinaire, à travers laquelle il insinua au médecin son propre cas, comme celui d'un individu imaginaire.

» – Nous supposerons, dit l'avare, que les symptômes sont tels et tels ; maintenant, docteur, que lui conseilleriez-vous de prendre ?

» – Que prendre ? dit Abernethy, mais prendre conseil à coup sûr.

– Mais, dit le préfet, un peu décontenancé, je suis tout disposé à prendre conseil, et à payer pour cela. Je donnerais *vraiment* cinquante mille francs à quiconque me tirerait d'affaire.

– Dans ce cas, répliqua Dupin, ouvrant un tiroir et en tirant un livre de mandats, vous pouvez aussi bien me faire un bon pour la somme susdite. Quand vous l'aurez signé, je vous remettrai votre lettre.

Je fus stupéfié. Quant au préfet, il semblait absolument foudroyé. Pendant quelques minutes, il resta muet et immobile, regardant mon ami, la bouche béante, avec un air incrédule et des yeux qui semblaient lui sortir de la tête ; enfin, il parut revenir un peu à lui, il saisit une plume, et, après quelques hésitations, le regard ébahi et vide, il remplit et signa un bon de cinquante mille francs, et le tendit à Dupin par-dessus la table. Ce dernier l'examina soigneusement et le serra dans son portefeuille ; puis, ouvrant un pupitre, il en tira une lettre et la donna au préfet. Notre fonctionnaire l'agrippa dans une parfaite agonie de joie, l'ouvrit d'une main tremblante, jeta un coup d'œil sur son contenu, puis, attrapant précipitamment la porte, se rua sans plus de cérémonie hors de la chambre et de la maison, sans avoir prononcé une syllabe depuis le moment où Dupin l'avait prié de remplir le mandat.

Quand il fut parti, mon ami entra dans quelques explications.

– La police parisienne, dit-il, est excessivement habile dans son métier. Ses agents sont persévérants, ingénieux, rusés, et possèdent à fond toutes les connaissances que requièrent spécialement leurs fonctions. Aussi, quand G... nous détaillait son mode de perquisition dans l'hôtel D..., j'avais une entière confiance dans ses talents, et j'étais sûr qu'il avait fait une investigation pleinement suffisante, dans le cercle de sa spécialité.

– Dans le cercle de sa spécialité ? dis-je.

– Oui, dit Dupin ; les mesures adoptées n'étaient pas seulement les meilleures dans l'espèce, elles furent aussi poussées à une absolue perfection. Si la lettre avait été cachée dans le rayon de leur investigation, ces gaillards l'auraient trouvée, cela ne fait pas pour moi l'ombre d'un doute.

Je me contentai de rire ; mais Dupin semblait avoir dit cela fort sérieusement.

– Donc, les mesures, continua-t-il, étaient bonnes dans l'espèce et admirablement exécutées ; elles avaient pour défaut d'être inapplicables au cas et à l'homme en question. Il y a tout un ordre de moyens singulièrement ingénieux qui sont pour le préfet une sorte de lit de Procuste, sur lequel il adapte et garrotte tous ses plans. Mais il erre sans cesse par trop de profondeur ou par trop de superficialité pour le cas en question, et plus d'un écolier raisonnerait mieux que lui.

» J'ai connu un enfant de huit ans, dont l'infaillibilité au jeu de pair ou impair faisait l'admiration universelle. Ce jeu est simple, on y joue avec des billes. L'un des joueurs tient dans sa main un certain nombre de ses billes, et demande à l'autre : « Pair ou non ? » Si celui-ci devine juste, il gagne une bille ; s'il se trompe, il en perd une. L'enfant dont je parle gagnait toutes les billes de l'école. Naturellement, il avait un mode de divination, lequel consistait dans la simple observation et dans l'appréciation de la finesse de ses adversaires. Supposons que son adversaire soit un parfait nigaud et, levant sa main fermée, lui demande : « Pair ou impair ? » Notre écolier répond : « Impair ! » et il a perdu. Mais, à la seconde épreuve, il gagne, car il se dit en lui-même : « Le niais avait mis pair la première fois, et toute sa ruse ne va qu'à lui faire mettre impair à la seconde ; je dirai donc : « Impair ! » Il dit : « Impair », et il gagne.

» Maintenant, avec un adversaire un peu moins simple, il aurait raisonné ainsi : « Ce garçon voit que, dans le premier cas, j'ai dit « Impair », et, dans le second, il se proposera, – c'est la première idée qui se présentera à lui, – une simple variation de pair à impair comme a fait le premier bêta ; mais une seconde réflexion lui dira que c'est là un changement trop simple, et finalement il se décidera à mettre pair comme la première fois. – Je dirai donc : « Pair ! » Il dit « Pair » et gagne. Maintenant, ce mode de raisonnement de notre écolier, que ses camarades appellent la chance, – en dernière analyse, qu'est-ce que c'est ?

– C'est simplement, dis-je, une identification de l'intellect de notre raisonnement avec celui de son adversaire.

– C'est cela même, dit Dupin ; et, quand je demandai à ce petit garçon par quel moyen il effectuait cette parfaite identification qui faisait tout son succès, il me fit la réponse suivante :

» – Quand je veux savoir jusqu'à quel point quelqu'un est circonspect ou stupide, jusqu'à quel point il est bon ou méchant, ou quelles sont actuellement ses pensées je compose mon visage d'après le sien, aussi exactement que possible, et j'attends alors pour savoir quels pensers ou quels sentiments naîtront dans mon esprit ou dans mon cœur, comme pour s'appareiller et correspondre avec ma physionomie. »

» Cette réponse de l'écolier enfonce de beaucoup toute la profondeur sophistique attribuée à La Rochefoucauld, à La Bruyère, à Machiavel et à Campanella.

– Et l'identification de l'intellect du raisonneur avec celui de son adversaire dépend, si je vous comprends bien, de l'exactitude avec laquelle l'intellect de l'adversaire est apprécié.

– Pour la valeur pratique, c'est en effet la condition, répliqua Dupin, et, si le préfet et toute sa bande se sont trompés si souvent, c'est, d'abord, faute de cette identification, en second lieu, par une appréciation inexacte, ou plutôt par la non-appréciation de l'intelligence avec laquelle ils se mesurent. Ils ne voient que leurs propres idées ingénieuses ; et, quand ils cherchent quelque chose de caché, ils ne pensent qu'aux moyens dont ils se seraient servis pour le cacher. Ils ont fortement raison en cela que leur propre ingéniosité est une représentation fidèle de celle de la foule ; mais, quand il se trouve un malfaiteur particulier dont la finesse diffère, en espèce, de la leur, ce malfaiteur, naturellement, les *roule*.

» Cela ne manque jamais quand son astuce est au-dessus de la leur, et cela arrive très-fréquemment même quand elle est au-dessous. Ils ne varient pas leur système d'investigation ; tout au plus, quand ils sont incités par quelque cas insolite, – par quelque récompense extraordinaire, – ils exagèrent et poussent à outrance leurs vieilles routines ; mais ils ne changent rien à leurs principes.

» Dans le cas de D..., par exemple, qu'a-t-on fait pour changer le système d'opération ? Qu'est-ce que c'est que toutes ces perforations, ces fouilles, ces sondes, cet examen au microscope, cette division des surfaces en pouces carrés numérotés ? – Qu'est-ce que tout cela, si ce n'est pas l'exagération, dans son application, d'un des principes ou de plusieurs principes d'investigation, qui sont basés sur un ordre d'idées relatif à l'ingéniosité humaine, et dont le préfet a pris l'habitude dans la longue routine de ses fonctions ?

» Ne voyez-vous pas qu'il considère comme chose démontrée que *tous* les hommes qui veulent cacher une lettre se servent, – si ce n'est précisément d'un trou fait à la vrille dans le pied d'une chaise, – au moins de quelque trou, de quelque coin tout à fait singulier dont ils ont puisé l'invention dans le même registre d'idées que le trou fait avec une vrille ?

» Et ne voyez-vous pas aussi que des cachettes aussi *originales* ne sont employées que dans des occasions ordinaires et ne sont adoptées que par des intelligences ordinaires ; car, dans tous les cas d'objets cachés, cette manière ambitieuse et torturée de cacher l'objet est, dans le principe, présumable et présumée ; ainsi, la découverte ne dépend nullement de la perspicacité, mais simplement du soin, de la patience et de la résolution des chercheurs. Mais, quand le cas est important, ou, ce qui revient au même aux yeux de la police, quand la récompense est considérable, on voit toutes ces belles qualités échouer infailliblement. Vous comprenez maintenant ce que je voulais dire en affirmant que, si la lettre volée avait été cachée dans le rayon de la perquisition de notre préfet, – en d'autres termes, si le principe inspirateur de la cachette avait été compris dans les principes du préfet, – il l'eût infailliblement découverte. Cependant, ce fonctionnaire a été complètement mystifié ; et la cause première, originelle, de sa défaite, gît dans la supposition que le ministre est un fou, parce qu'il s'est fait une réputation de poëte. Tous les fous sont poëtes, – c'est la manière de voir du préfet, – et il n'est coupable que d'une fausse distribution du terme moyen, en inférant de là que tous les poëtes sont fous.

– Mais est-ce vraiment le poëte ? demandai-je. Je sais qu'ils sont deux frères, et ils se sont fait tous deux une réputation dans les lettres. Le ministre, je crois, a écrit un livre fort remarquable sur le calcul différentiel et intégral. Il est le mathématicien, et non pas le poëte.

– Vous vous trompez ; je le connais fort bien ; il est poëte *et* mathématicien. Comme poëte *et* mathématicien, il a dû raisonner juste ; comme simple mathématicien, il n'aurait pas raisonné du tout, et se serait ainsi mis à la merci du préfet.

– Une pareille opinion, dis-je, est faite pour

m'étonner ; elle est démentie par la voix du monde entier. Vous n'avez pas l'intention de mettre à néant l'idée mûrie par plusieurs siècles. La raison mathématique est depuis longtemps regardée comme la raison *par excellence.*

– *Il y a à parier,* répliqua Dupin, en citant Chamfort, *que toute idée politique, toute convention reçue est une sottise, car elle a convenu au plus grand nombre.* Les mathématiciens, – je vous accorde cela, – ont fait de leur mieux pour propager l'erreur populaire dont vous parlez, et qui, bien qu'elle ait été propagée comme vérité, n'en est pas moins une parfaite erreur. Par exemple, ils nous ont, avec un art digne d'une meilleure cause, accoutumés à appliquer le terme *analyse* aux opérations algébriques. Les Français sont les premiers coupables de cette tricherie scientifique ; mais, si l'on reconnaît que les termes de la langue ont une réelle importance, – si les mots tirent leur valeur de leur application, – oh ! alors, je concède qu'*analyse* traduit *algèbre* à peu près comme en latin *ambitus* signifie *ambition* ; *religio,* religion ; ou *homines honesti,* la classe des gens honorables.

– Je vois, dis-je, que vous allez vous faire une querelle avec un bon nombre d'algébristes de Paris ; – mais continuez.

– Je conteste la validité, et conséquemment les résultats d'une raison cultivée par tout procédé spécial autre que la logique abstraite. Je conteste particulièrement le raisonnement tiré de l'étude des mathématiques. Les mathématiques sont la science des formes et des qualités ; le raisonnement mathématique n'est autre que la simple logique appliquée à la forme et à la quantité. La grande erreur consiste à supposer que les vérités qu'on nomme *purement* algébriques sont des vérités abstraites ou générales. Et cette erreur est si énorme, que je suis émerveillé de l'unanimité avec laquelle elle est accueillie. Les axiomes mathématiques ne sont pas des axiomes d'une vérité générale. Ce qui est vrai d'un rapport de forme ou de quantité est souvent une grosse erreur relativement à la morale, par exemple. Dans cette dernière science, il est très-communément faux que la somme des fractions soit égale au tout. De même en chimie, l'axiome a tort. Dans l'appréciation d'une force motrice, il a également tort ; car deux moteurs, chacun étant d'une puissance donnée, n'ont pas nécessairement, quand ils sont associés, une puissance égale à la somme de leurs puissances prises séparément. Il y a une foule d'autres vérités mathématiques qui ne sont des vérités que dans des limites de *rapport*. Mais le mathématicien argumente incorrigiblement d'après ses *vérités finies*, comme si elles étaient d'une application générale et absolue, – valeur que d'ailleurs le monde leur attribue. Bryant, dans sa très-remarquable *Mythologie*, mentionne une source analogue d'erreurs, quand il dit que, bien que personne ne croie aux fables du paganisme, cependant nous nous oublions nous-mêmes sans cesse au point d'en tirer des déductions, comme si elles étaient des réalités vivantes. Il y a d'ailleurs chez nos algébristes, qui sont eux-mêmes des païens, de certaines fables païennes auxquelles on ajoute foi, et dont on a tiré des conséquences, non pas tant par une absence de mémoire que par un incompréhensible trouble du cerveau. Bref, je n'ai jamais rencontré de pur mathématicien en qui on pût avoir confiance en dehors de ses racines et de ses équations ; je n'en ai pas connu un seul qui ne tînt pas clandestinement pour article de foi que $x^2 + px$ est absolument et inconditionnellement égal à q. Dites à l'un de ces messieurs, en matière d'expérience, si cela vous amuse, que vous croyez à la possibilité de cas où $x^2 + px$ ne serait pas absolument égal à q; et, quand vous lui aurez fait comprendre ce que vous voulez dire, mettez-vous hors de sa portée et le plus lestement possible ; car, sans aucun doute, il essayera de vous assommer.

» Je veux dire, continua Dupin, pendant que je me contentais de rire de ses dernières observations, que, si le ministre n'avait été qu'un mathématicien, le préfet n'aurait pas été dans la nécessité de me souscrire ce billet. Je le connaissais pour un mathématicien et un poëte, et j'avais pris mes mesures en raison de sa capacité, et en tenant compte des circonstances où il se trouvait placé. Je savais que c'était un homme de cour et un intrigant déterminé. Je réfléchis qu'un pareil homme devait indubitablement être au courant des pratiques de la police. Evidemment, il devait avoir prévu – et l'événement l'a prouvé – les guets-apens qui lui ont été préparés. Je me dis qu'il avait prévu les perquisitions secrètes dans son hôtel. Ces fréquentes absences nocturnes que notre bon préfet avait saluées comme des adjuvants positifs de son futur succès, je les regardais simplement comme des ruses pour faciliter les libres recherches de la police et lui persuader plus facilement que la lettre n'était pas dans l'hôtel. Je sentais aussi que toute la série d'idées relatives aux principes invariables de l'action policière dans le cas de perquisition, – idées que je vous expliquerai tout à l'heure, non sans quelque peine, – je sentais, dis-je, que toute cette série d'idées avait dû nécessairement se dérouler dans l'esprit du ministre.

» Cela devait impérativement le conduire à dédaigner toutes les cachettes vulgaires. Cet homme-là ne pouvait être assez faible pour ne pas deviner que la cachette la plus compliquée, la plus profonde de son hôtel, serait aussi peu secrète qu'une antichambre ou une armoire pour les yeux, les sondes, les vrilles et les microscopes du préfet. Enfin je voyais qu'il avait dû viser nécessairement à la simplicité, s'il n'y avait pas été induit par un goût naturel. Vous vous rappelez sans doute avec quels éclats de rire le préfet accueillit l'idée que j'exprimai dans notre première entrevue, à savoir que si le mystère l'embarrassait si fort, c'était peut-être en raison de son absolue simplicité.

– Oui, dis-je, je me rappelle parfaitement son hilarité. Je croyais vraiment qu'il allait tomber dans des attaques de nerfs.

– Le monde matériel, continua Dupin, est plein d'analogies exactes avec l'immatériel, et c'est ce qui donne une couleur de vérité à ce dogme de rhétorique, qu'une métaphore ou une comparaison peut fortifier un argument aussi bien qu'embellir une description.

» Le principe de la force d'inertie, par exemple, semble identique dans les deux natures, physique et métaphysique ; un gros corps est plus difficilement mis en mouvement qu'un petit, et sa quantité de mouvement est en proportion de cette difficulté ; voilà qui est aussi positif que cette proposition analogue : les intellects d'une vaste capacité, qui sont en même temps plus impétueux, plus constants et plus accidentés dans leur mouvement que ceux d'un degré inférieur, sont ceux qui se meuvent le moins aisément, et qui sont les plus embarrassés d'hésitation quand ils se mettent en marche. Autre exemple : avez-vous jamais remarqué quelles sont les enseignes de boutique qui attirent le plus l'attention ?

– Je n'ai jamais songé à cela, dis-je.

– Il existe, reprit Dupin, un jeu de divination, qu'on joue avec une carte géographique. Un des joueurs prie quelqu'un de deviner un mot donné, – un nom de ville, de rivière, d'Etat ou d'empire, – enfin un mot quelconque compris dans l'étendue bigarrée et embrouillée de la carte. Une personne novice dans le jeu cherche en général à embarrasser ses adversaires en leur donnant à deviner des noms écrits en caractères imperceptibles ; mais les adeptes du jeu choisissent des mots en gros caractères qui s'étendent d'un bout de la carte à l'autre. Ces mots-là, comme les enseignes et les affiches à lettres énormes, échappent à l'observateur par le fait même de leur excessive évidence ; et, ici, l'oubli matériel est précisément analogue à l'inattention morale d'un esprit qui laisse échapper les considérations trop palpables, évidentes jusqu'à la banalité et l'importunité. Mais c'est là un cas, à ce qu'il semble, un peu au-dessus ou au-dessous de l'intelligence du préfet. Il n'a jamais cru probable ou possible que le ministre eût déposé sa lettre juste sous le nez du monde entier, comme pour mieux empêcher un individu quelconque de l'apercevoir.

» Mais plus je réfléchissais à l'audacieux, au distinctif et brillant esprit de D..., – à ce fait qu'il avait dû toujours avoir le document sous la main, pour en faire immédiatement usage, si besoin était, – et à cet autre fait que, d'après la démonstration décisive fournie par le préfet, ce document n'était pas caché dans les limites d'une perquisition ordinaire et en règle, – plus je me sentais convaincu que le ministre, pour cacher sa lettre, avait eu recours à l'expédient le plus ingénieux du monde, le plus large, qui était de ne pas même essayer de la cacher.

» Pénétré de ces idées, j'ajustai sur mes yeux une paire de lunettes vertes, et je me présentai un beau matin, comme par hasard, à l'hôtel du ministre. Je trouve D... chez lui, bâillant, flânant, musant, et se prétendant accablé d'un suprême ennui. D... est peut-être l'homme le plus réellement énergique qui soit aujourd'hui, mais c'est seulement quand il est sûr de n'être vu de personne.

» Pour n'être pas en reste avec lui, je me plaignais de la faiblesse de mes yeux et de la nécessité de porter des lunettes. Mais, derrière ces lunettes, j'inspectais soigneusement et minutieusement tout l'appartement, en faisant semblant d'être tout à la conversation de mon hôte.

» Je donnai une attention spéciale à un vaste bureau auprès duquel il était assis, et sur lequel gisaient pêle-mêle des lettres diverses et d'autres papiers, avec un ou deux instruments de musique et quelques livres. Après un long examen, fait à loisir, je n'y vis rien qui pût exciter particulièrement mes soupçons.

» A la longue, mes yeux, en faisant le tour de la chambre, tombèrent sur un misérable porte-cartes, orné de clinquant, et suspendu par un ruban bleu crasseux à un petit bouton de cuivre au-dessus du manteau de la cheminée. Ce porte-cartes, qui avait trois ou quatre compartiments, contenait cinq ou six cartes de visite et une lettre unique. Cette dernière était fortement salie et chiffonnée. Elle était presque déchirée en deux par le milieu, comme si on avait eu d'abord l'intention de la déchirer entièrement, ainsi qu'on fait d'un objet sans valeur ; mais on avait vraisemblablement changé d'idée. Elle portait un large sceau noir avec le chiffre de D... très en évidence, et était adressée au ministre lui-même. La suscription était d'une écriture de femme très-fine. On l'avait jetée négligemment, et même, à ce qu'il semblait, assez dédaigneusement dans l'un des compartiments supérieurs du porte-cartes.

» A peine eus-je jeté un coup d'œil sur cette lettre, que je conclus que c'était celle dont j'étais en quête. Evidemment elle était, par son aspect, absolument différente de celle dont le préfet nous avait lu une description si minutieuse. Ici, le sceau était large et noir avec le chiffre de D... ; dans l'autre, il était petit et rouge, avec les armes ducales de la famille S... Ici, la suscription était d'une écriture menue et féminine ; dans l'autre l'adresse, portant le nom d'une personne royale, était d'une écriture hardie, décidée et caractérisée ; les deux lettres ne se ressemblaient qu'en un point, la dimension. Mais le caractère excessif de ces différences, fondamentales en somme, la saleté, l'état déplorable du papier, fripé et déchiré, qui contredisaient les véritables habitudes de D..., si méthodique, et qui dénonçaient l'intention de dérouter un indiscret en lui offrant toutes les apparences d'un document sans valeur, – tout cela, en y ajoutant la situation imprudente du document mis en plein sous les yeux de tous les visiteurs et concordant ainsi exactement avec mes conclusions antérieures, – tout cela, dis-je, était fait pour corroborer décidément les soupçons de quelqu'un venu avec le parti pris du soupçon.

» Je prolongeai ma visite aussi longtemps que possible, et tout en soutenant une discussion très-vive avec le ministre sur un point que je savais être pour lui d'un intérêt toujours nouveau, je gardais invariablement mon attention braquée sur la lettre. Tout en faisant cet examen, je réfléchissais sur son aspect extérieur et sur la manière dont elle était arrangée dans le porte-cartes, et à la longue je tombai sur une découverte qui mit à néant le léger doute qui pouvait me rester encore. En analysant les bords du papier, je remarquai qu'ils étaient plus éraillés que *nature*. Ils présentaient l'aspect cassé d'un papier dur, qui, ayant été plié et foulé par le couteau à papier, a été replié dans le sens inverse, mais dans les mêmes plis qui constituaient sa forme première. Cette découverte me suffisait. Il était clair pour moi que la lettre avait été retournée comme un gant, repliée et recachetée. Je souhaitai le bonjour au ministre, et je pris soudainement congé de lui, en oubliant une tabatière en or sur son bureau.

» Le matin suivant, je vins pour chercher ma tabatière, et nous reprîmes très-vivement la conversation de la veille. Mais, pendant que la discussion s'engageait, une détonation très-forte, comme un coup de pistolet, se fit entendre sous les fenêtres de l'hôtel, et fut suivie des cris et des vociférations d'une foule épouvantée. D... se précipita vers une fenêtre, l'ouvrit, et regarda dans la rue. En même temps, j'allai droit au porte-cartes, je pris la lettre, je la mis dans ma poche, et je la remplaçai par une autre, une espèce de *fac-similé* (quant à l'extérieur) que j'avais soigneusement préparé chez moi, – en contrefaisant le chiffre de D... à l'aide d'un sceau de mie de pain.

» Le tumulte de la rue avait été causé par le caprice insensé d'un homme armé d'un fusil. Il avait déchargé son arme au milieu d'une foule de femmes et d'enfants. Mais comme elle n'était pas chargée à balle, on prit ce drôle pour un lunatique ou un ivrogne, et on lui permit de continuer son chemin. Quand il fut parti, D... se retira de la fenêtre, où je l'avais suivi immédiatement après m'être assuré de la précieuse lettre. Peu d'instants après, je lui dis adieu. Le prétendu fou était un homme payé par moi.

– Mais quel était votre but, demandai-je à mon ami, en remplaçant la lettre par une contrefaçon ? N'eût-il pas été plus simple, dès votre première visite, de vous en emparer, sans autres précautions, et de vous en aller ?

– D..., répliqua Dupin, est capable de tout, et, de plus, c'est un homme solide. D'ailleurs, il a dans son hôtel des serviteurs à sa dévotion. Si j'avais fait l'extravagante tentative dont vous parlez, je ne serais pas sorti vivant de chez lui. Le bon peuple de Paris n'aurait plus entendu parler de moi. Mais, à part ces considérations, j'avais un but particulier. Vous connaissez mes sympathies politiques. Dans cette affaire, j'agis comme partisan de la dame en question. Voilà dix-huit mois que le ministre la tient en son pouvoir. C'est elle maintenant qui le tient, puisqu'il ignore que la lettre n'est plus chez lui, et qu'il va vouloir procéder à son chantage habituel. Il va donc infailliblement opérer lui-même et du premier coup sa ruine politique. Sa chute ne sera pas moins précipitée que ridicule. On parle fort lestement du *facilis descensus Averni* ; mais en matière d'escalades, on peut dire ce que la Catalani disait du chant : « Il est plus facile de monter que de descendre. » Dans le cas présent, je n'ai aucune sympathie, pas même de pitié pour celui qui va descendre. D..., c'est le vrai *monstrum horrendum*, – un homme de génie sans principes. Je vous avoue, cependant, que je ne serais pas fâché de connaître le caractère exact de ses pensées, quand, mis au défi par celle que le préfet appelle *une certaine personne*, il sera réduit à ouvrir la lettre que j'ai laissée pour lui dans son porte-cartes.

– Comment ! est-ce que vous y avez mis quelque chose de particulier ?

– Eh mais ! il ne m'a pas semblé tout à fait convenable de laisser l'intérieur en blanc, – cela aurait eu l'air d'une insulte. Une fois, à Vienne, D... m'a joué un vilain tour, et je lui dis d'un ton tout à fait gai que je m'en souviendrais. Aussi, comme je savais qu'il éprouverait une certaine curiosité relativement à la personne par qui il se trouvait joué, je pensai que ce serait vraiment dommage de ne pas lui laisser un indice quelconque. Il connaît fort bien mon écriture, et j'ai copié tout au beau milieu de la page blanche ces mots :

..................Un dessein si funeste,
S'il n'est digne d'Atrée, est digne de Thyeste.

Vous trouverez cela dans l'*Atrée* de Crébillon.

LE SCARABÉE D'OR 7

LA LETTRE VOLÉE 63

EXTRAIT DU CATALOGUE LIBRIO

CLASSIQUES

Affaire Dreyfus (L')
J'accuse et autres documents - n°201

Alphonse Allais
L'affaire Blaireau - n°43
A l'œil - n°50

Honoré de Balzac
Le colonel Chabert - n°28
Melmoth réconcilié - n°168
Ferragus, chef des Dévorants - n°226

Jules Barbey d'Aurevilly
Le bonheur dans le crime - n°196

Charles Baudelaire
Les Fleurs du Mal - n°48
Le Spleen de Paris - n°179
Les paradis artificiels - n°212

Beaumarchais
Le barbier de Séville - n°139

Georges Bernanos
Un mauvais rêve - n°247

Bernardin de Saint-Pierre
Paul et Virginie - n°65

Pedro Calderón de la Barca
La vie est un songe - n°130

Giacomo Casanova
Plaisirs de bouche - n°220

Corneille
Le Cid - n°21

Alphonse Daudet
Lettres de mon moulin - n°12
Sapho - n°86
Tartarin de Tarascon - n°164

Charles Dickens
Un chant de Noël - n°146

Denis Diderot
Le neveu de Rameau - n°61

Fiodor Dostoïevski
L'éternel mari - n°112
Le joueur - n°155

Gustave Flaubert
Trois contes - n°45
Dictionnaire des idées reçues - n°175

Anatole France
Le livre de mon ami - n°121

Théophile Gautier
Le roman de la momie - n°81
La morte amoureuse - n°263 (*janvier 99*)

Genèse (La) - n°90

Goethe
Faust - n°82

Nicolas Gogol
Le journal d'un fou - n°120
La nuit de Noël - n°252

Grimm
Blanche-Neige - n°248

Victor Hugo
Le dernier jour d'un condamné - n°70

Henry James
Une vie à Londres - n°159
Le tour d'écrou - n°200

Franz Kafka
La métamorphose - n°3

Eugène Labiche
Le voyage de Monsieur Perrichon - n°270
(*février 99*)

Madame de La Fayette
La Princesse de Clèves - n°57

Jean de La Fontaine
Le lièvre et la tortue et autres fables -
n°131

Alphonse de Lamartine
Graziella - n°143

Gaston Leroux
Le fauteuil hanté - n°126

Longus
Daphnis et Chloé - n°49

Pierre Louÿs
La Femme et le Pantin - n°40
Manuel de civilité - n°255
(*Pour lecteurs avertis*)

Nicolas Machiavel
Le Prince - n°163

Stéphane Mallarmé
Poésie - n°135

Guy de Maupassant
Le Horla - n°1
Boule de Suif - n°27
Une partie de campagne - n°29
La maison Tellier - n°44
Une vie - n°109
Pierre et Jean - n°151
La petite Roque - n°217

Karl Marx, Friedrich Engels
Manifeste du parti communiste - n°210

Prosper Mérimée
Carmen - n°13
Mateo Falcone - n°98

Colomba - n°167
La vénus d'Ille - n°236

Les Mille et Une Nuits
Histoire de Sindbad
le Marin - n°147
Aladdin ou la lampe merveilleuse - n°191

Mirabeau
L'éducation de Laure - n°256
(*Pour lecteurs avertis*)

Molière
Dom Juan - n°14
Les fourberies de Scapin - n°181
Le bourgeois gentilhomme - n°235

Alfred de Musset
Les caprices de Marianne - n°39

Gérard de Nerval
Aurélia - n°23

Ovide
L'art d'aimer - n°11

Charles Perrault
Contes de ma mère l'Oye - n°32

Platon
Le banquet - n°76

Edgar Allan Poe
Double assassinat dans la rue Morgue - n°26
Le scarabée d'or - n°93
Le chat noir - n°213

Alexandre Pouchkine
La fille du capitaine - n°24
La dame de pique - n°74

Abbé Prévost
Manon Lescaut - n°94

Raymond Radiguet
Le diable au corps - n°8
Le bal du comte d'Orgel - n°156

Jules Renard
Poil de Carotte - n°25
Histoires naturelles - n°134

Arthur Rimbaud
Le bateau ivre - n°18

Edmond Rostand
Cyrano de Bergerac - n°116

Marquis de Sade
Le président mystifié - n°97
Les infortunes de la vertu - n°172

George Sand
La mare au diable - n°78
La petite Fadette - n°205

William Shakespeare
Roméo et Juliette - n°9
Hamlet - n°54
Othello - n°108
Macbeth - n°178

Sophocle
Œdipe roi - n°30

Stendhal
L'abbesse de Castro - n°117
Le coffre et le revenant - n°221

Robert Louis Stevenson
Olalla des Montagnes - n°73
Le cas étrange du
Dr Jekyll et de M. Hyde - n°113

Anton Tchekhov
La dame au petit chien - n°142
La salle n°6 - n°189

Léon Tolstoï
Hadji Mourad - n°85

Ivan Tourgueniev
Premier amour - n°17

Mark Twain
Trois mille ans chez les microbes - n°176

Vâtsyâyana
Kâma Sûtra - n°152

Bernard Vargaftig
La poésie des Romantiques - n°262
(*janvier 99*)

Paul Verlaine
Poèmes saturniens *suivi de*
Fêtes galantes - n°62
Romances sans paroles - n°187
Poèmes érotiques - n° 257
(*Pour lecteurs avertis*)

Jules Verne
Les cinq cents millions de la Bégum - n°52
Les forceurs de blocus - n°66
Le château des Carpathes - n°171
Les Indes noires - n°227

Voltaire
Candide - n°31
Zadig ou la Destinée - n°77
L'ingénu - n°180

Emile Zola
La mort d'Olivier Bécaille - n°42
Naïs - n°127
L'attaque du moulin - n°182

LITTÉRATURE

Richard Bach
Jonathan Livingston le goéland - n°2

René Barjavel
Béni soit l'atome - n°261 (*janvier 99*)

René Belletto
Le temps mort
- L'homme de main - n°19
- La vie rêvée - n°37

Pierre Benoit
Le soleil de minuit - n°60

Georges Bernanos
Un crime - n°194

Nina Berberova
L'accompagnatrice - n°198

Patrick Besson
Lettre à un ami perdu - n°218

André Beucler
Gueule d'amour - n°53

Calixthe Beyala
C'est le soleil qui m'a brûlée - n°165

Alphonse Boudard
Une bonne affaire - n°99
Outrage aux mœurs - n°136

Francis Carco
Rien qu'une femme - n°71

Muriel Cerf
Amérindiennes - n°95

Jean-Pierre Chabrol
Contes à mi-voix
- La soupe de la mamée - n°55
- La rencontre de Clotilde - n°63

Georges-Olivier Châteaureynaud
Le jardin dans l'île - n°144

Andrée Chedid
Le sixième jour - n°47
L'enfant multiple - n°107
Le sommeil délivré - n°153
L'autre - n° 203

Bernard Clavel
Tiennot - n°35
L'homme du Labrador - n°118
Contes et légendes du Bordelais - n°224

Jean Cocteau
Orphée - n°75

Colette
Le blé en herbe - n°7
La fin de Chéri - n°15
L'entrave - n°41

Raphaël Confiant
Chimères d'En-Ville - n°240

Pierre Dac
Dico franco-loufoque - n°128

Philippe Djian
Crocodiles - n°10

Les droits de l'homme
Anthologie présentée par Jean-Jacques Gandini - n°250

Richard Paul Evans
Le coffret de Noël - n°252

Frison-Roche
Premier de cordée, 2 vol. - n°ˢ 148 et 149

Gulliver - 1 (revue) - Dire le monde - n°239
Gulliver - 2 (revue) - Musique ! - n°269 (*février 99*)

Khalil Gibran
Le Prophète - n°185

Albrecht Goes
Jusqu'à l'aube - n°140

Sacha Guitry
Bloompott - n°204

Frédérique Hébrard
Le mois de septembre - n°79

Eric Holder
On dirait une actrice - n°183

Raymond Jean
La lectrice - n°157

Jean-Charles
La foire aux cancres - n°132

Félicien Marceau
Le voyage de noce de Figaro - n°83

François Mauriac
Un adolescent d'autrefois - n°122

Méditerranées
Une anthologie présentée par
Michel Le Bris et J.-C. Izzo - n°219

Henry de Monfreid
Le récif maudit - n°173
La sirène du Rio Pongo - n°216

Alberto Moravia
Le mépris - n°87

Claude Nougaro
Le Jazz et la Java - n°199

Paroles de poilus
Anthologie. Lettres du front 1914-1918 - n°245

Claude Pujade-Renaud
Vous êtes toute seule ? - n°184

Henri Queffélec
Un recteur de l'île de Sein - n°169

Vincent Ravalec
Du pain pour les pauvres - n°111
Joséphine et les gitans - n°242

Gilles de Saint-Avit
Deux filles et leur mère - n°254
(*Pour lecteurs avertis*)

Erich Segal
Love Story - n°22

Albert t'Serstevens
L'or du Cristobal - n°33
Taïa - n°88

Denis Tillinac
Elvis - n°186

Marc Trillard
Un exil - n°241

Henri Troyat
La neige en deuil - n°6
Le geste d'Eve - n°36
La pierre, la feuille et les ciseaux - n°67
La rouquine - n°110

Vladimir Volkoff
Nouvelles américaines
- Un homme juste - n°124
- Un cas de force mineure - n°166

Xavière
La punition - n°253
(*Pour lecteurs avertis*)

LIBRIO MUSIQUE

François Ducray
Gainsbourg - n°264 (*février 99*)

Guillaume Bara
La Techno - n°265 (*février 99*)

Nicolas Ungemuth
Bowie - n°266 (*février 99*)

Pascal Bussy
Coltrane - n°267 (*février 99*)

Librio
Le livre à 10 F

93

Achevé d'imprimer en Europe
à Pössneck (Thuringe, Allemagne)
en janvier 2000 pour le compte de EJL
84, rue de Grenelle 75007 Paris
Dépôt légal janvier 2000
1er dépôt légal dans la collection : déc. 1995

Diffusion France et étranger : Flammarion